d

Banana Yoshimoto

Federkleid

Roman

Aus dem Japanischen von
Thomas Eggenberg

Diogenes

Titel der 2003 bei
Shinchosha Publishing Co., Ltd., Tokyo,
erschienenen Originalausgabe:
›Hagoromo‹

Umschlagfoto von David Sacks

www.diogenes.ch
80/07/44/1
ISBN 978 3 257 06579 4

Die Stadt, in der ich aufgewachsen bin, liegt wie eingezwängt in den Windungen und Biegungen eines großen Flusses. Die Sommer sind angenehm kühl, die Winter aber bitter kalt, mit viel Schnee in den Bergen.

Vom Hauptstrom, der durchs Zentrum fließt, zweigen unzählige Seitenarme ab. Nachts glänzen die feinen Adern klebrig schwarz wie die Fäden eines Spinnennetzes.

Wohin man auch geht, in der Dunkelheit verfolgt einen das Rauschen des Flusses auf Schritt und Tritt. Überall in der Stadt gibt es große und kleine Brücken. Sie erzeugen einen bestimmten Rhythmus, sind wie Satzzeichen in die Flußlandschaft gesetzt, um die Leute immer wieder plötzlich vor dem Wasser innehalten und verweilen zu lassen.

Nachts, wenn die Menschen schlafen, schlängelt sich der Fluß durch ihre Träume. Er hat sich tief in ihre Herzen gegraben und begleitet sie überallhin, egal, welche Wendungen das Leben nimmt.

Nach einer Regennacht, angeschwollen zum reißenden Strom, glitzert der Fluß unbändig und übermütig im grellen Morgenlicht, als wäre er zu neuem Leben erwacht. Am Nachmittag verströmt das verdorrte Ufergras seinen stickig-fauligen Geruch.

Manchmal war ich mir nicht sicher, ob ich all das wirklich mochte. In meiner Vorstellung war »Heimat« stets verbunden mit dem Bild des dahinströmenden Flusses. Doch das endlos vorüberziehende, mal klare, mal trübe Wasser verlieh der Stadt etwas Träges, Verträumtes – als versetze der Fluß die Menschen in eine Art Halbschlaf.

Es beschlich einen das unbestimmte Gefühl, etwas Wichtiges vergessen zu haben.

Diese Landschaft, so vertraut und behaglich sie erschien, zeigte bisweilen auch ihr schroff abweisendes, schauerliches Gesicht. Plötzlich lag da irgendein Hasen- oder Katzen- oder sonstiger Kadaver, oder man trat in Hundekot. Im Gras wimmelte es nur so von Insekten, und es gab Tage, an denen selbst die frische Wäsche, die am Ufer gegenüber zum Trocknen hing, schmuddelig aussah. Es ist wie mit der großen Liebe, von der nichts als ein großer Scherbenhaufen übrigbleibt. Die Dinge haben eben nicht nur ihre guten Seiten.

Natürlich sah man in der klaren Strömung auch Fische in allen Regenbogenfarben glitzern oder das im Wasser sich spiegelnde, herrliche Blau des Himmels. An lauen Sommerabenden, wenn der mit Steinen gepflasterte Damm im Abendlicht leuchtete, konnte man mit einem Gefühl wie aus Kindertagen ewig lange den Fluß entlang spazieren, und wenn es einem nicht so gut ging, brauchte man sich nur auf den Damm zu setzen, und gleich fühlte man sich wieder besser.

Das Wasser floß vor unseren Augen dahin, Tag für Tag, Jahr für Jahr, und wir bedauerten es nicht. Es würde doch nie wiederkommen. Der Wind wehte darüber hinweg, und mit der verfließenden Zeit verwandelte sich die Landschaft, gemächlich, aber gewiß.

Ich betrachtete die Gänseblümchen zu meinen Füßen und berührte die Blütenblätter, so fein wie Fäden. Den kühlen Wind im Gesicht, spürte ich, wie sich auch meine Gedanken auffrischten. Solche Momente verloren nie an Intensität. So oft sie sich wiederholten – sie waren jedesmal neu. Bestimmt wäre es mit allen Dingen dieser Welt so, würde man ihnen nur genug Aufmerksamkeit schenken, sie lange und genau beobachten, dachte ich, wohl wissend, wer mich das gelehrt hatte: der Fluß.

Als ich aufstand und meinen kalt gewordenen Hintern abklopfte, fühlte ich, wie mir der Sinn der Welt ein klein wenig näherrückte. Es war, als atmete der pulsierende Organismus unter meiner verletzlichen Haut die Gewißheit, daß sich dieses große weite Ganze vor meinen Augen kaum je ändern würde. Grandiose Gedanken, kleinliche Sorgen – sie waren wie diese Landschaft einfach da, ohne bestimmte Absicht und doch Ausdruck eines wohlgeordneten Ganzen. So zeigte sich mir die Welt, aber zugleich war ich mir sicher, daß in Wahrheit noch viel, viel mehr in ihr verborgen sein mußte.

Erregt schaute ich auf den Fluß. Es schien mir, als würde allein durch das Strömen des Wassers ein unerschöpflicher Reichtum angehäuft. Mit allen Poren meines Körpers spürte ich, wie sämtliche Dinge um mich herum, die ich fühlen und sehen konnte, Leib und Seele neuen Schwung verliehen, ihnen neue Energie spendeten. Die Erde und die Farbe des Himmels, die flimmernde Stadt mit den dahinflitzenden Autos, das Treiben der Menschen, die Farben der Gräser, die winzigen Lebewesen und mächtig dahinziehenden Wolken, das von fern ans Ohr dringende Summen und Brummen – bestimmt gewann jede Stadt und jeder Mensch seine Lebenskraft aus dem unverwechselbaren Charakter des jeweiligen Ortes, aus all diesen einzigartigen und zugleich alltäglichen Dingen, die die Welt mit Leben füllten.

Ziemlich deprimiert, war ich erst einmal nach Hause zurückgekehrt, um meiner Großmutter im Café zu helfen. Es war Winter. Eigentlich hätte ich bei Vater wohnen können, doch wollte ich sein Witwerleben, das er zu genießen schien, nicht stören. Die Großmutter wohnte nur ein paar Schritte weiter, in einem kleinen Häuschen am Fluß. So nistete ich mich bei ihr ein, im Lagerschuppen hinter dem Café. Ich war froh, allein zu sein. Zwar gelang es mir, meinen Kummer vor anderen Leuten zu verstecken, aber auf die Dauer hielt ich es nicht aus. Allein konnte ich ungeniert losheulen und war nicht gezwungen, auf die Toilette zu rennen, als müßte ich mich gleich übergeben.

Mit achtzehn hatte ich ihn kennengelernt, und ich konnte es noch immer nicht fassen, daß die Beziehung nach acht langen, langen Jahren zu Ende war. Ich brauchte viel Zeit, mich daran zu gewöhnen. Die Dauer selbst bekam ein Eigenleben, wuchs plötzlich zu etwas ungeheuer Mächtigem heran. Saß mir deswegen diese komische Müdigkeit im Nacken? Die steinhart verspannten Schultern wollten nicht locker werden, und im Kopf drehten sich wieder und immer wieder dieselben Gedanken, als wäre ich blöde geworden.

Kinder von Eltern, die sich gut verstehen, lernen oft nicht, der Welt zu mißtrauen. Ich bin mit der

Vorstellung aufgewachsen, daß Ehepaare am glücklichsten sind, wenn sie immer zusammen sein können. Ehepaare, bei denen es anders war, waren für mich keine Ehepaare; solche Leute würden sich früher oder später trennen. Davon war ich fest überzeugt. Erst reichlich spät merkte ich, daß die Welt nicht ganz so war, wie ich sie mir vorgestellt hatte, und es allerlei Bedürfnisse gab, je nach Umständen und Verhältnissen. Wie hatte ich nur so naiv sein können.

Als ich zehn war, kam meine Mutter bei einem Verkehrsunfall ums Leben. Sie wollte in die Nachbarpräfektur fahren, um Einkäufe zu erledigen. Unterwegs nickte sie ein, rammte einen Telegrafenmast und war auf der Stelle tot. Bis zu jenem Tag waren Vater und Mutter immer ein Herz und eine Seele gewesen. Vielleicht lag es daran, daß sie an derselben Uni Psychologie studiert und sich zusammen auf das Diplom vorbereitet hatten – jedenfalls waren sie auch später noch wie ein Studentenpärchen. Im nachhinein denke ich jedoch: Sie kamen nicht nur gut zusammen aus, sondern paßten vor allem auch gut zueinander. Ein unzertrennliches, unternehmungslustiges Paar, das sorglos in den Tag hineinlebte und einfach das Leben genießen wollte.

Ganz im Gegensatz zu mir. In der besten Zeit

meiner Jugend, in der man sich nach Liebe verzehrt, ließ ich mich auf ein Abenteuer mit einem verheirateten Mann ein. Zu allen möglichen Zeiten und an allen möglichen Orten wartete ich auf ihn, wartete und wartete. Und da ich sonst nichts zu tun hatte, nagte die ewige Ungewißheit an mir, zerfraßen mich Argwohn und Zweifel.

Ich behielt das Apartment in Tokyo, wußte aber nicht, ob ich wieder dahin zurückkehren würde.

Er, ein nicht ganz unbekannter Fotograf, hatte es unter dem Vorwand gekauft, es als Atelier zu benutzen. In Wahrheit hielten wir dort unsere Schäferstündchen. Das Apartment war mein Zuhause, und als es zur Trennung kam, durfte ich es behalten. Offenbar hatte er sich mit seiner Frau abgesprochen, was einen etwas bitteren Nachgeschmack hinterließ – als hätten zwei vernünftige Erwachsene sich bemüht, nett zu mir zu sein. Seine Frau, schon immer kränklich, litt so sehr unter der Untreue ihres Mannes, daß sie zu den psychischen Problemen auch noch Herzbeschwerden bekam. Trennung sei die einzige Lösung, teilte er mir am Telefon mit.

»Warum fragt man mich nicht, ob ich damit überhaupt einverstanden bin?«

»Das geht nicht.«

»Warum nicht? Ich bin auch jemand. Auch ich habe ein Recht.«

»Wenn es soweit kommt, leider nicht mehr.«

»Du ziehst also einfach den Schwanz ein?!«

»Hör mal, ich kann meine Familie nicht sitzenlassen, sie hat es schwer genug gehabt. Es ist Zeit, Schluß zu machen, auch wegen des Kindes. Wir Eltern und unsere eigenen Eltern – wir alle haben eine gute Beziehung zueinander. Das wollte ich schon immer, Teil eines größeren Ganzen sein, und ich fühle mich dieser Gemeinschaft je länger sie dauert um so mehr verbunden. Ich liebe meine Familie und hoffe, daß es so bleibt, so lange ich lebe. Wenn ich jetzt nur an mich denke und wir uns weiterhin treffen, gerät alles aus den Fugen, verstehst du? Erwarte bitte keine weiteren Erklärungen von mir. Es ist entschieden.«

»Letztlich war ich also nur zum Vergnügen da, nicht wahr?«

»In gewissem Sinne, ja.«

»In gewissem Sinne – was soll das heißen?«

»Ach, hör auf damit. Das verdirbt uns auch noch die schönen Erinnerungen.«

»Ist doch egal. Jetzt, wo alles den Bach runtergeht.«

Das sinnlose Hin und Her wollte kein Ende nehmen. Ich fühlte mich in die Enge getrieben. Als wäre nur ich es, die sich trotzig und widerspenstig wehrte, als würde ich mit mir selber reden, allein fragen, allein antworten, allein Vorwürfe machen. Das ist bitter, dachte ich seltsam gelassen. Einfach so ignoriert zu werden … Regungslos starrte ich auf die Tatamimatte. Komm, laß uns doch noch mal in Ruhe darüber reden, hätte ich ihm gerne gesagt, aber da er sich entschieden hatte, war wohl nichts mehr auszurichten.

Wer weiß denn schon, ob Krankheit das schlimmere Übel ist, dachte ich. Warum sollte ein Mensch, obwohl er nicht krank ist, nicht weint, ordentlich ißt, spazierengeht und Freunde trifft, sich nicht ebenso mies fühlen können? Warum nur kommt ihm so etwas nicht in den Sinn? Ohne mir einen zweiten Freund anzulachen oder eine Arbeit zu suchen, hatte ich immer nur auf die Gelegenheit gewartet, ihn zu sehen. Mein ganzes Leben hatte ich nach ihm ausgerichtet. Stets besorgt, ihn nicht zu erreichen oder zu verpassen, war ich an Handy und Computer gefesselt. Konnte ich im Ernst jemandem erzählen, wie neurotisch meine ganze Jugendzeit wohl gewesen war? So lächerlich und sinnlos mir das ewige Wetteifern mit seiner Frau, der Kampf um Sieg oder Niederlage erschien – ich konnte nicht anders. Ich fühlte mich wie in einem zeitlosen Raum, der Welt abhanden gekommen.

War trunken vor Glück, als fächelte ein sanfter Frühlingswind um meine Nasenspitze, als betörte mich ein verführerischer, süßer Duft, als säße ich durchgefroren vor dem Ofen und spürte, wie die Glieder langsam warm werden ... Ich genoß diese Momente mit ihm, ohne einen einzigen Gedanken an das Morgen oder an die bedrückende Realität zu verschwenden, ich lebte allein im Hier und Jetzt. Meine Gedanken und Erinnerungen waren von Liebe durchtränkt, als räkelte ich mich in einem warmen Bad.

Ich war diesem verrückten Leben restlos verfallen.

Wenn ich's mir jetzt überlege, war es ein wenig wie im Krankenhaus, wo man sich den ganzen Tag vom Fernseher berieseln läßt. Während drinnen in der friedlichen, gedämpften Stille stets das gleiche Programm läuft und sich höchstens die Frage stellt, was man als nächstes gucken soll, ist draußen alles in lebhafter Bewegung.

In Wirklichkeit wußte ich damals schon, daß ich Stück für Stück etwas Wichtiges aufgab: mein eigenes Leben, mein eigenes Denken. Ich wollte es nur nicht wahrhaben.

Sicher, er war unterhaltend und anregend. Nie langweilte ich mich. Erzählte er zum Beispiel von seinen Erlebnissen beim Fotografieren, allein in wilder, unwegsamer Natur, kam es mir vor, als wäre ich mit dabeigewesen. Und dennoch – hätte er mir die Geschichte nicht selbst erzählt, wäre es fast wie fernsehen gewesen. Auch wenn ich ihn manchmal zur Arbeit begleiten konnte, war ich stets nur seine Assistentin oder Geliebte. Mehr wurde von mir nicht erwartet. Es war ein Leben in vollkommener Hingabe.

Ich hätte viel mehr machen können, wenn ich neugieriger, engagierter gewesen wäre. Warum wollte ich denn nicht selbst hinter der Kamera stehen? Nun, es interessierte mich nicht. Diese teuren Dinger waren mir zu groß und umständlich, und außerdem erschien es mir extrem schwierig, die Natur auf Fotos zu bannen. Eine Arbeit fürs Leben. Die Welt war so überwältigend reich an Natur, daß ich gar nicht wußte, wo hinschauen. Und Leute zu knipsen, die ich kaum kannte, dazu hatte ich keine Lust. Aber wenn ich mit einem begehrten Fotografen wie ihm zusammenbleiben wollte, war es sowieso nicht möglich, mich ernsthaft einer Arbeit zu widmen. War mir auch egal. Ich wollte einfach nur an seiner Seite sein.

Vielleicht hatte es auch mit den vergangenen Jahren zu tun, daß ich gegen Ende unserer Beziehung soweit war, von Männern nichts mehr zu erwarten. Ich nehme an, er mochte mich, weil ich umgänglich war und immer guter Laune, wenn wir zusammen ausgingen. Ich bin nicht so dumm, man kann mit mir über dieses und jenes sprechen, und allzu übel sehe ich auch nicht aus. Und trotzdem hatte ich nichts Besseres zu tun, als geduldig auf ihn zu warten, Tag und Nacht. Er wußte, daß es immer ein warmes Plätzchen für ihn gab, Sex inklusive. Ein solches Plätzchen, selbst ohne Sex, hätte ich wohl auch nicht verachtet.

Zweifellos war ich für ihn die immer Gutgelaunte, die ihr Leben nach eigenem Gusto führte. Daß ich in ein derartiges Loch fallen würde, hatte er sich wohl nicht im Traum vorgestellt. Ich war ihm nicht böse. Was hilft es, dachte ich mir. Was geschehen ist, ist geschehen. Wie auch immer ich es drehte und wendete, das Ergebnis blieb sich gleich: Er hatte sich nicht für mich, sondern für seine Frau entschieden.

Das Apartment, das er mir als finanzielle Abfindung überließ, hatte eine große Veranda, in der Nähe gab es einen Bahnhof und viele Einkaufsmöglichkeiten, und die Verwaltungsgebühr kostete gerade mal monatlich 20000 Yen. Aber sobald ich in der Wohnung war, überwältigten mich die Erinnerungen. Ich fühlte mich leer und ausgelaugt, wie ein gespenstischer Schatten meines einstigen Selbst.

Obwohl ich wußte, daß er nicht wiederkommen und wie früher jeden Freitag die Nacht bei mir verbringen würde, sah ich mir die gleichen Fernsehshows an, kaufte im gleichen Supermarkt die gleichen Sachen, ließ wie immer die Waschmaschine laufen, trug wie immer den Schlafanzug, den er am liebsten mochte – und schlief allein ein. Das Büchergestell, das wir für uns beide ausgesucht und bestellt hatten, war erst neulich geliefert worden. Die Erinnerungen an die ausgelassene Stimmung jenes Tages, als wir zusammen auf Einkaufstour gingen, tanzten wie Totengeister vor meinen Augen.

Mein Leben hatte sich in einen Alptraum verwandelt, aus dem es kein Entrinnen gab.

Ich aß im gleichen Restaurant zu Mittag, kaufte den gleichen Kaffee, den wir zusammen getrunken hatten ... Doch unser Liebesdramolett, das wir acht unendlich lange Jahre gespielt hatten, nahm mit einem einzigen Telefonat jäh ein Ende. Ich fühlte mich, als wäre ich über Nacht eine alte Frau geworden. Irgendwie weiterleben wie bisher – das war alles, was ich gerade noch schaffte. Für mehr fehlte die Kraft. Wie schwach und hilflos man plötzlich sein kann, stellte ich ernüchtert fest.

Jedenfalls war alles zu Ende. Ein Liegenschaftsverwalter kam, um die Formalitäten der Überschreibung zu erledigen. Was das Finanzielle betraf, machte ich mir zuerst ein wenig Sorgen, doch es ging alles glatt, und auf einmal war ich allein die rechtmäßige Besitzerin unseres gemeinsamen Apartments. Allerdings hatte ich das Gefühl, jetzt überhaupt nicht mehr aus meiner imaginären Welt, in der ich rastlos umherirrte, ausbrechen zu können. Es war, als würde ich gebannt auf das Ende eines zerrissenen Fadens starren, der unerreichbar in der Luft baumelte.

Unsere Beziehung kam ans Licht, als er die Ansage für den Anrufbeantworter aufnahm, um mich vor telefonischen Belästigungen zu schützen. Natürlich dauerte es nicht lange, bis seine Frau die Stimme zu hören bekam und sich in ihrem Verdacht bestätigt sah. Unser Leichtsinn läßt sich nur damit erklären, daß wir uns damals, wenn auch unausgesprochen, bereits als ein festes Paar sahen, das in wilder Ehe zusammenlebte.

Die Erinnerung daran tut weh ... Wie glücklich war ich an jenem Abend! Noch einmal und noch einmal mußte er die Aufnahme wiederholen, so nervös war er. Ich tat, als hörte ich nichts, und bereitete das Essen zu. Curryreis. Vom Dampf dicht beschlagene Fensterscheiben, das Schürfen der

Löffel, der würzige Duft ... Ich erinnere mich, als wär's gestern gewesen.

Wir hatten keineswegs das Gefühl, etwas Schlechtes getan zu haben.

Mit der Katze im Arm kam er zu mir in die Küche und sagte: »Endlich hat's geklappt!«

»Dann bleibt das jetzt für immer so.«

»Aber sicher!«

»Selbst wenn es schiefgeht mit uns ...«

»Für immer« mußte in unserer Vorstellung wirklich sehr lange gewesen sein. Mindestens so lange wie die Ewigkeit.

Oft fuhren wir zusammen in die Natur, entspannten uns in heißen Bädern, und wenn es sich bei seiner Arbeit ergab, begleitete ich ihn sogar ins Ausland. Alles in meinem Leben hing mit ihm zusammen, war auf ihn ausgerichtet. Mit mir verbringe er mehr Zeit als mit seiner Frau und dem Kind, sagte er. Noch nie in seinem Leben sei er so viel mit jemandem zusammen gewesen. Ob er damals die Warheit gesagt hat? Sicher war es auch für ihn nicht einfach, dachte ich und ärgerte mich zugleich über mein ewiges Verständnis ihm gegenüber. Was waren denn seine Sorgen gegen meine?

Nachts, wenn ich träumte, sah ich ihn immer in unserer Wohnung. Lächelnd saß er da und erzählte, wie einsam er sich nach unserer Trennung gefühlt habe, wie schön es sei, wieder bei mir zu sein. Die Form seiner Hände, die Berührung der Wangen – es war ganz real. Im Traum fühlte ich mich aufgehoben und dachte nicht daran, daß es nur ein Traum sein könnte.

Aber natürlich gab es ein trauriges Erwachen. Weinend lag ich im Bett und sah mich allein in jener anderen Welt zurückgelassen.

So bekommt man keine Lust, etwas Neues anzufangen. Trösten lassen wollte ich mich auch nicht. Ich vermied jeden Kontakt mit einfühlsamen Männern und ging allen Freundinnen aus dem Weg, die heikle Fragen hätten stellen können. Ich wollte kein Risiko eingehen.

»Es ist Zeit ... Zeit zum Aufstehen!« flehte ich mich jeden Morgen selbst an. Ich fühlte mich wie eine Wildente, die mit einem Pfeil im Rücken kläglich weiterlebte. Ich bemühte mich, solche Gedanken schnell wieder zu verscheuchen, aber vergebens. Mein wahres Ich lebte nicht hier, in dieser Welt. Das wahre Ich lebte noch immer in jener Zeit, war in jenem Alltag untergetaucht und lebte ihn fort. Es konnte nicht anders. Wachte erst am späten Nachmittag auf und dachte noch im Halbschlaf: Oh, heute ist doch Freitag ... Bald kommt er ... Wo könnten wir essen gehn ... Das war keine Einbildung, sondern fand in der anderen Welt wirklich statt. Ich hörte, wie sich der Schlüssel im Schloß drehte und die Tür sich öffnete, wie er sich mir näherte, meinen Kopf berührte … Daß es doch nur schmerzliche Erinnerung war, mochte ich nicht glauben, und es dauerte jedesmal lange, bis ich den Weg wieder zurückfand und die Wahrheit erkannte: Nie wieder würden wir zusammen durch unsere belebte, blumengeschmückte Einkaufsstraße flanieren. Ich liebte das über alles: Hand in Hand gingen wir die Treppe hinunter, wir hatten den ganzen Abend vor uns. Wir würden zusammen essen, zusammen die Nacht verbringen. In der Einkaufsstraße schallte schnulzige Musik aus den Lautsprechern, und die bunten Blumengirlanden wippten dazu im Wind. Das Leben war ein einziges Fest.

Nein. Selbst wenn seine Frau gestorben wäre, hätte sich nichts an der Tatsache geändert, daß er sie mir vorzog. Wie man einem Dummkopf etwas einredet, so redete ich mir hartnäckig mein Unglück ein. Wenn in solchen Momenten manchmal die Katze zu mir ins Bett kroch und sich an mich schmiegte, fühlte ich, wie die weiche Wärme mich durchströmte, und begann plötzlich laut zu weinen. »Sieh mal, die Katze hat sich einen Winterpelz zugelegt … Jetzt, jetzt ist es die Zeit dazu … Du auch … Komm schon, komm zurück ins Jetzt!«

Ich mußte es mir selbst zurufen, wieder und wieder, sonst würde ich bis in alle Ewigkeit verloren umherirren. Ich mußte wieder zu mir kommen.

Aber wie? Langsam dämmerte mir, daß vielleicht etwas ernsthaft nicht in Ordnung war mit mir, und so beschloß ich, in meine Heimat zurückzukehren. Eine kleine, träge Stadt, in der die Menschen nicht nur nett zueinander waren. Doch das war schon immer so und würde auch immer so bleiben.

Von Anfang an war Großmutters Café ein schrulliges Lokal gewesen, und wie ich sofort bemerkte, war es seit meinem letzten Besuch nicht einladender geworden. Im Gegenteil. Obwohl keineswegs schmutzig, sah es darin aus wie in einer Rumpelkammer oder einem Trödelladen, vollgestopft mit kitschigem Krimskrams, den sich meine Großmutter im Lauf der Jahre zugelegt hatte. Billige, blümchenverzierte Tassen, bizarr gemusterte Spitzenvorhänge, die Fensternischen überladen mit exotischen Touristentrophäen. Zu alledem hatte Großmutter das Café in ein wahres Gewächshaus verwandelt – als führte sie den Laden nur, um ungeniert ihrem Hobby nachgehen zu können. Ihre Leidenschaft für Orchideen kannte ich von früher her, doch jetzt drängten sich überall die Blumentöpfe und verwandelten das Café in ein farbenprächtiges Orchideenparadies. Als ich den Raum betrat, fühlte ich mich unversehens in eine surreale Traumwelt versetzt. Verrückt, dachte ich. Wo war ich hier? Bei jemandem zu Hause? In einer Gärtnerei? Oder doch in einem Café? Am liebsten hätte ich den Laden gründlich ausgemistet, wenn ich nur die Energie dazu gehabt hätte. Die Orchideen waren auch nicht gerade nach meinem Geschmack, doch unter Großmutters Hand blühten sie so schön, daß ich bald begann, ihr bei der täglichen Blumenpflege zu helfen.

Aber vor allem eins ließ meinen anfänglichen Widerwillen im Nu schwinden: Omas Kaffee. Sie braute ihn noch immer nach Opas Rezept. Wenn ich den siedendheißen, würzigen Kaffee mit reichlich Zucker trank, schmeckte er einfach wunderbar. Mein Kopf wurde ganz klar, und eine wohlige Wärme durchströmte den Körper. Außerdem machte Oma einen köstlichen Cheesecake, der die Gäste in Scharen anlockte. Diese Chance nutzte sie manchmal, um ihren Gästen zum Mittagessen noch die Reste vom Vorabend aufzutischen.

An Samstagen kreuzten oft Männer mit der Wettzeitung auf und starrten stundenlang in die Flimmerkiste hinter der Theke. Cafés, in denen ein Fernseher lief, hatte ich schon immer gehaßt.

Als ich diesbezüglich eine Bemerkung machte, sagte Großmutter nur: »Ach, Tokyo hat dich ganz verdorben« und verlor kein weiteres Wort darüber.

Wenigstens fließt hier kein Alkohol, dachte ich. Doch weit gefehlt. Mitten am Nachmittag gab es für die Stammkunden Bier aus der lokalen Brauerei, dazu frittierte Reiskuchenhäppchen. Großmutters Café war wirklich ein Kuriosum. Über viele Jahre hatte sie es gehegt und gepflegt, stets bemüht, es allen recht zu machen. Wenn ich das Ergebnis sah, wußte ich nicht so recht, was ich mir eigentlich verloren hatte. Mein Vorsatz, mich mit Leib und Seele in die Arbeit zu stürzen und auf andere Gedanken zu bringen, war schon jetzt dahin.

Aber Großmutter hatte ein großes Herz. Sie hatte es mir nie übelgenommen, daß ich einfach nach Tokyo gegangen war, und obwohl sie in ihrem kleinen Café nicht unbedingt eine Hilfskraft brauchte, ließ sie mich selbstverständlich mithelfen. Sie sah mir auf den ersten Blick an, wie ich mich fühlte, sagte aber nichts. Die Arbeit würde mich schon wieder auf die Beine bringen. Sie bezahlte mich sogar dafür, worüber ich mich freute wie ein Kind über sein erstes Taschengeld.

Ich nahm mich zusammen und schwieg – auch

wenn die Gäste, umzingelt von unzähligen Blumentöpfen, an eng zusammengeschobenen Tischchen Platz nehmen mußten, das Geschnatter und Gekreisch im Fernsehen durchs ganze Lokal dröhnte und über allem ein modrig-feuchter Geruch hing. Was soll's, dachte ich. Sobald ich ein wenig Tritt gefaßt hatte, wollte ich eh wieder weg von hier.

Seit ich aufs Land zurückgekehrt war, schminkte ich mich nicht mehr, steckte mein langes Haar hoch und trug nur noch Jeans. Meine alten Freundinnen staunten nicht schlecht, als sie mich in dieser Aufmachung sahen. Sogar ich selbst war überrascht, wenn ich in den Spiegel blickte. Jahrelang dachte ich, es sei die Aufgabe einer Geliebten, jederzeit hübsch auszusehen. Ich war mit nichts anderem beschäftigt gewesen. Manchmal hielt ich beim Waschen plötzlich inne, schaute lange in den Spiegel. Was mochte nur die Veränderung bewirkt haben?

Genau der gleiche Gesichtsausdruck wie damals als Kind, dachte ich. Damals, als ich die Tage am Flußufer verbrachte, mit roten Backen und in meinem immergleichen Lieblingspullover. Kein Zweifel, mein Ich war während jener Zeit in Tokyo etwas, das wir uns gemeinsam geschaffen hatten.

Aus eigener Kraft wäre ich dazu nie imstande gewesen. Mein jetziges Ich war wieder jenes aus der Kinderzeit, während mein liebestrunkenes Ich tief im Dunkeln versunken war.

Ich schlief ganz hinten im Lagerschuppen, auf einem Futon, so dünn wie japanisches Reisgebäck. Wenn ich morgens aufwachte, eingewickelt in Großmutters geblümte Bettdecke, türmten sich neben mir Kisten mit Getränkedosen, Bohnenkaffee und Keksen. Aber durch das Fenster schien die Sonne, und meine Katze, die ich natürlich nicht in Tokyo zurückgelassen hatte, stupste mich wie gewohnt mit der Nase, um mich daran zu erinnern, daß Essenszeit war. Oft wachte ich verwirrt auf, an diesem Ort, der mein Zuhause war und doch auch wieder nicht, und fragte mich: Was machst du hier? Warum bist du hier? Aber ich konnte keine Antwort darauf finden.

Manchmal blieben mir nur die Tränen. Dabei wäre es doch so einfach, hier ein neues Leben anzufangen. Jeder Tag ein neuer Morgen ... Selbst das Licht der Sonne hat plötzlich einen anderen Glanz ... Von jetzt an kannst du tun und lassen, was du willst, kannst gehen, wohin du willst ... Doch sobald ich mir einen Ruck geben wollte, meldete sich lautstark die Vergangenheit und zerrte mich in den Kerker der Erinnerung zurück.

Meinen Mittagslunch aß ich immer allein am Fluß.

Wenn ich am Ufer die Steinstufen hinunterstieg, zeigte er mir jedes Mal ein anderes Gesicht, und dennoch hatte er seinen unverwechselbaren Charakter. Ich stillte meinen Hunger und ruhte mich aus, um für den Nachmittag fit zu sein. Als Kind hatte ich es spielend geschafft, Energie zu tanken, zu verbrauchen und wieder aufzutanken, aber dieses harmonische, unbeschwerte Zusammenspiel mit der Welt wollte mir nicht mehr so einfach gelingen. Jetzt war ich schon zufrieden, wenn sich meine Kraft- und Lustlosigkeit durch den Anblick von etwas Schönem nur ein wenig linderte. Auf den gemächlich vor mir dahinströmenden Fluß schauend, fühlte ich, wie das Flämmchen der Dankbarkeit meine Lebensgeister weckte und mich langsam wieder in Schwung brachte. Es funktioniert also doch noch, dachte ich erleichtert. Noch scheint die sprühende Energie und Frische früherer Tage nicht erschöpft zu sein.

Ich betrachtete die sonnendurchschienenen Blätter der Bäume, beobachtete die Leute am anderen Ufer mit ihren farbigen Kleidern, lachenden Gesichtern und im Wind wehenden Haaren, erschrak, wenn ein kleines Kind vor mir hinfiel und losschrie. Es kam auch vor, daß mir jemand ein gegrilltes Fleischspießchen anbot oder ein Hund auf seinem Spaziergang mich anpinkelte. Am Fluß war immer etwas los.

Obwohl ich mich nach wie vor innerlich leer fühlte, begann ich mich allmählich an mein provisorisches Leben zu gewöhnen. So wie man sich ans kalte Wasser gewöhnt, wenn man hineinsteigt. Langsam, Schritt für Schritt.

An einem dieser lustlosen, leeren Tage begegnete ich ihm. Ich war wie elektrisiert, als hätte ich ein Gespenst gesehen. Warum, wußte ich nicht. Es war ein wolkiger, aber klarer Nachmittag im Winter. Die frostige Kälte stach in die Nase, kroch unter die Haut. Hatte ich diesen Mann nicht schon einmal gesehen? War es damals nicht auch Winter gewesen? Ich war mir ganz sicher. Der gleiche Himmel und die Stadt, in der die Straßenlampen sogar am Tag brannten, in ein weiches, milchiges Licht getaucht...

Der beißend kalte Wind roch nach verbranntem Holz. Ein feiner, würziger Geruch, typisch für diese Jahreszeit.

Von meiner Unterkunft aus war ich zuerst den Fluß entlanggegangen und dann in die Hauptstraße beim Bahnhof eingebogen. Dort, auf der anderen Straßenseite, bemerkte ich ihn. Er war groß, fast drahtig, und trug eine Daunenjacke, dazu eine wollene Skimütze. Sicher kann er phantastisch Ski fahren, dachte ich, doch Männer wie er waren in dieser Gegend, die vom Wintersport lebte, nichts Ungewöhnliches. Er schien etwa gleich alt zu sein wie ich, vielleicht ein paar Jahre älter. Sein Gesicht war sonnengebräunt, und unter den dichten Augenbrauen blickten Augen hervor, die fest und entschlossen in die Welt sahen. Er hatte es offenbar eilig.

Etwas wie schicksalhafte Liebe oder das diffuse Gefühl, die Person schon mal gesehen zu haben – das war es nicht. Denn ich war mir sicher: Seine Stimme und auch seine Hände, die kannte ich. Ich wußte nur nicht, wann und wo ich ihm schon einmal begegnet war. Und warum.

Ich konnte ihn doch nicht einfach ansprechen … Wenn wenigstens jemand bei mir wäre … Ach, wo war das schon wieder … Irgendwo an einem schönen Ort. Kalter Wind, klares Wasser … Wasser? Meine Phantasie hielt mich wohl zum Narren. Doch diese rote Daunenjacke … Ja, die hatte er damals auch an! Und dieses Rot war so voller Hoffnung gewesen, daß mir fast die Tränen kamen. Daran erinnerte ich mich genau.

In Gedanken versunken, blickte ich ihm nach. An der Ampel blieb er stehen. Er schien meinen verwunderten Blick zu spüren, worauf auch er mich erstaunt, wenn nicht gar mißtrauisch, mit leicht gerunzelten Augenbrauen anschaute.

Eigentlich hatte ich nicht die Absicht, die Straße zu überqueren. Aber ohne daß ich es wollte, verlangsamten sich meine Schritte. Auch jetzt, wo wir uns direkt gegenüberstanden, kamen keine weiteren Erinnerungen. Ich fühlte mich wie in einem Traum, atemlos und gehetzt, als wollte ich an einen ganz bestimmten Ort gelangen, in einer Stadt, die ich überhaupt nicht kannte. Mein Ich teilte sich – in eines, das mir hätte vertraut sein sollen, und eines, das mir wirklich vertraut war. Die beiden schoben sich übereinander, ihre Silhouetten zeichneten sich im milden Licht ab. … Licht? Na klar, eben sah ich es doch deutlich vor mir, schillernd weiß.

Was mag er nur denken, wenn er so angestarrt wird … Weder der Lärm vorbeifahrender Autos noch die Passanten konnten mich aus meinen fieberhaften Gedanken reißen.

Die Ampel schaltete auf grün, aber ich wußte, daß ich nicht den Mut haben würde, ihn anzusprechen. Als er auf die Straße trat, drehte ich mich um und ging schnell davon.

Warum wollte es mir nicht in den Sinn kommen? Verwundert schüttelte ich den Kopf. Vielleicht irgendein Mitschüler? Oder ein Kamerad aus meiner Kindheit? Nein, das war unwahrscheinlich. Obwohl, als ich ihn sah, hatte ich so ein Gefühl …

… Ein Gefühl wie nach einer langen Reise ins Exil. Endlich über die Grenze, schauen wir zurück, in unsere Heimat, die für immer verloren ist. Erinnerungen steigen auf. Unsere Blicke begegnen sich, wir lächeln … Da streckt sich mir eine Hand entgegen, aber es ist nicht wirklich eine Hand, sondern ein gleißendhelles Licht, das mich mit ungeheurer Kraft anzieht … Etwas, das mich mit Großmutter, Urgroßmutter und Ururgroßmutter verbindet … Als hielte jemand ein winzigkleines, hilfloses Neugeborenes in den Armen …

Ohne mir einen Reim auf die rätselhafte Angelegenheit machen zu können, ging ich zu Vaters Wohnung. Er hatte aus Kalifornien angerufen und gesagt, er wolle nach Hause kommen, solange ich da sei. Ob ich nicht vielleicht schon mal die Wohnung lüften könne?

Mein Vater war ein ziemlich spezieller Typ. Neben seinem Job als Uniprofessor übersetzte er Texte über transpersonale Psychologie und New-Age-Bewegungen, kannte all die Gurus und Freaks aus der Scene, machte Interviews, schrieb Artikel und Bücher.

Seit Mutters Tod war Vater nie umgezogen. In der Wohnung sah es ähnlich chaotisch aus wie in Großmutters Gewächshaus-Café. Über seiner Arbeit vergaß er meistens, richtig zu essen oder zu schlafen. Wenn er Hunger hatte, aß er, und wenn der Schlaf ihn übermannte, schlief er. Wann und wo auch immer. Was er aber leidenschaftlich gern tat, war Wäsche waschen. Stets achtete er darauf, sauber und gepflegt zu erscheinen. Die Waschmaschine war denn auch das einzige, worauf er in seinem Haushalt stolz sein konnte. Er hatte sich ein riesiges supermodernes Modell angeschafft, mit nach vorn sich öffnender Trommel und eingebautem Trockner.

Vater war seit jeher häufig in die USA gereist und verbrachte dort fast die Hälfte des Jahres. In letzter Zeit wohnte er bei einer jungen, hübschen Frau, die ich mehrmals getroffen hatte. Ein sanftmütiges Wesen mit großen Augen und unglaublich langen Haaren. Natürlich war sie ein wenig esoterisch angehaucht und ernährte sich nur von Gemüse.

Der Zweitschlüssel lag wie immer im Briefkasten. In der Wohnung öffnete ich sofort die Fenster und begann aufzuräumen: spülte Gläser ab, wischte Staub, nahm die vergessene Wäsche aus dem Trockner und legte sie zusammen.

In Vaters Arbeitszimmer fiel mein Blick auf ein

Foto, das ihn mit seiner Freundin auf einem Berg zeigte. Wie er lachte und strahlte vor Glück! Daneben waren zwei vergilbte Fotos. Eines von Vater und Mutter auf der Hochzeitsreise und eines, wo Mutter mich als Baby in den Armen wiegt. Sie war jung und strahlte etwas Weiches, Warmes aus. Mir schien, als würde ich Mutter immer ähnlicher werden, obwohl sie doch nicht mehr da war. Die unergründlichen Gesetze des Lebens erschreckten mich manchmal.

Ein weiteres Foto hing an der Wand. Megumi, eine Frau, die Vater sehr geliebt hatte. Lächelnd und mit neugierigem, aufgewecktem Blick sah sie mich an. Vater hätte sie gern geheiratet. Es war zu jener Zeit, als ich bereits in Tokyo war und auf die Uni ging. Am Ende klappte es doch nicht, aber sie hatten es ernst gemeint. Vater hatte sogar einmal ein Rendezvous arrangiert, bei dem auch ihre Tochter und ich anwesend waren.

Megumi war von großer, kräftiger Statur. Eine umwerfend schöne Frau, wie ich seither keine mehr gesehen habe. Ich konnte Vater gut verstehen. Der Tod meiner Mutter war mit nichts wiedergutzumachen, aber wenn es denn unbedingt wieder sein mußte, dachte ich aus tiefstem Herzen, dann eine Frau wie diese. In Megumis großen Augen lag Entschlossenheit, und ihr Lächeln war geradezu bezaubernd. Wenn sie sich bewegte, wippte ihr langes Haar auf dem Rücken hin und her.

In einem Restaurant beim Park aßen wir zu Mittag. Ich wünschte mir sehnlichst, daß die beiden ein Paar würden.

Als ich sie nach ihrer Arbeit fragte, sagte sie: »Ich bin Wahrsagerin.«

»Oh, dann müssen Sie mir verraten, ob ich Glück in der Liebe habe!«

»Tja, das kann ich normalerweise nicht. Aber ich glaube, Sie sind ein offener, ehrlicher Mensch, vielleicht sogar zu ehrlich. Achten Sie darauf, daß Sie sich mit Leuten abgeben, die es auch ehrlich mit Ihnen meinen. Es gibt genug Leute auf der Welt, die gutherzige Menschen wie Sie ausnutzen, absichtlich oder unabsichtlich. Und selbst wenn Sie einen noch so tollen Mann kennenlernen – geben Sie wegen ihm nicht alles auf, behalten Sie etwas für sich. Da Sie alles sehr ernst nehmen, müssen Sie aufpassen, daß Sie nicht plötzlich unter die Räder kommen.« Sie lächelte.

Von heute aus gesehen, waren ihre Worte ein Volltreffer. Aber leider bewahrten sie mich nicht vor dem, was kam.

Ich erinnere mich, Vater zugezwinkert zu haben, so hinreißend fand ich diese Frau, so bezwingend ihr Lächeln.

Ihre Tochter hingegen ... Die war ziemlich komisch. Sie war vielleicht vier oder fünf Jahre älter als ich, und sie sagte die ganze Zeit über kein einziges Wort. Ich war irritiert und dachte zuerst, sie schweige aus Protest oder weil sie sich unsicher fühlte, aber das war es nicht. Vielmehr gab sie uns auf ihre Art zu verstehen, daß sie aus eigenem Willen hier war und wir uns nicht um sie zu kümmern brauchten. Eine unerschütterliche Selbstgewißheit sprach aus Rumis Verhalten und prägte meinen ersten Eindruck von ihr.

Von der Schönheit ihrer Mutter hatte sie leider kaum etwas abgekriegt, und was davon übriggeblieben war, wurde durch ihre eigenwillige Art vollends verdrängt. Das lag nicht etwa an ausgefallenen Kleidern, einer schrägen Frisur oder einem schrillen Make-up, sondern einfach an ihrer Ausstrahlung, die sich von der aller anderen unterschied.

Ihr Geheimnis war weder auf den ersten noch auf den zweiten Blick zu ergründen. Sie war ziemlich füllig, hatte lange Wimpern und kugelrunde Augen, einen winzigen Mund, eine knollige Nase und Waden, die wackelten wie Teig. Als Kontrast zur käseweißen Haut fiel ihr schwarzes Haar bis zu den Hüften hinab. Rumis ganzes Benehmen, jede Bewegung, jede Geste schien etwas Endgültiges ausdrücken zu wollen. Wie sie die Gabel benutzte, sich mit der Serviette den Mund abwischte, einen Schluck Wasser trank und dabei einen imaginären Punkt in der Ferne fixierte – alles wirkte, als könne es nur so und nicht anders getan werden. Fasziniert, ja gebannt klebte mein Blick an ihr.

Als sie es bemerkte, lächelte sie kurz und sagte: »Gehen wir ein wenig spazieren? Ich meine, nur wir zwei.«

Ihre Stimme war überraschend tief und hatte einen warmen, süßen Klang.

»Aha, man bespricht die Lage«, scherzte Rumis Mutter.

Vater lachte verlegen.

Wir verließen das Restaurant und schlenderten durch den Park.

»Entschuldige, ich hab deinen Namen vergessen.«

»Hotaru.«

»Und ich bin Rumi.«

»Glaubst du, die beiden heiraten?«

Das Grün der Bäume am Wegrand schimmerte zart in der Vorfrühlingssonne. Ihr mildes Licht warf weiche Schatten auf den Boden.

»Hmm, keine Ahnung. Meine Eltern leben zwar getrennt, aber Vater kann ganz schön bockig sein. Na ja, wenn dein Vater nichts überstürzt und Mutter genug Zeit läßt ...«

Wir kamen zu einem Teich. Da sagte Rumi plötzlich: »Gibt es hier keine Kappa*?«

»Tja ... Äh ...«, stotterte ich verlegen. »Ich hab noch nie welche gesehen.«

»Ich schon oft. In kleinen Seen tief in den Bergen. Aber in letzter Zeit nicht mehr. Vielleicht sind sie ausgestorben.«

»Ist er wirklich grün und hat einen Panzer?«

»Ja, und klein ist er.«

»Ist das nicht einfach eine Schildkröte?«

»Nein, er ging ja auf zwei Beinen. Als ich ihn sah, war ich allein. Er kam ganz nah heran.«

»Und, seid ihr etwa Freunde geworden?«

»So weit kam es nicht. Leider.«

Ich dachte, ich wäre an skurrile Leute gewöhnt, da ich selbst so einen Vater hatte. Aber Rumi war eine Klasse für sich.

Ein Jahr später kam es wie erwartet: Meinem Vater ging die Geduld aus. Er machte Rumis Mutter einen Heiratsantrag und wurde abgewiesen. Trotz dieser unglücklichen Geschichte hielt ich Kontakt zu Rumi, schrieb ihr hin und wieder, oder wir telefonierten. Das letzte Mal allerdings vor mehr als zehn Jahren.

Genau, wohnte sie nicht in der Nähe? Man

* Fabelwesen (Wasserkobold) aus der japanischen Mythologie (A. d. Ü.)

könnte sich doch mal wieder treffen! Ich nahm mir vor, sie anzurufen.

Wenn man immer am gleichen Ort lebt, beginnt man sich an dies und jenes zu erinnern, es tut sich etwas auf, eines ruft das andere, verknüpft sich, weitet sich aus. Wie es war, ein aufregendes, leidenschaftliches Liebesleben zu führen, hatte ich inzwischen vergessen. Natürlich kann man sagen, daß ich mich in Tokyo auf etwas Bestimmtes konzentriert und für anderes einfach keine Energie mehr hatte; doch erst jetzt wurde mir allmählich bewußt, wie viel Verdrängtes und Verschüttetes da noch in mir rumorte, und ich erschrak. Ich spürte, es würde verdammt viel Kraft kosten, wieder ein lebendiger, ganzer Mensch zu werden.

Als ich mit Aufräumen fertig war, nahm ich mir aus dem Kühlschrank ein Bier. Von einem steinharten Stück Parmesan schabte ich den Schimmel ab und begann, gedankenverloren an dem Käse herumzukauen. Ich versuchte mich an die Zeit zu erinnern, als Mutter noch da war. Es sah jetzt ganz anders aus in der Wohnung, aber einiges war immer noch genau wie früher: die gemusterte Decke, die Flecken an der Wand ... Ich fühlte mich plötzlich wieder in die Kindheit versetzt. Mein Blick glitt über die Wände, schweifte im Zimmer umher.

Fetzen von Erinnerungen tauchten auf, so frisch und lebendig, als wäre es gestern gewesen.

Damals hatte auch Großvater noch gelebt. Die Stadt war ein verschlafenes Provinznest, in dem es außer dem Bestellen der Felder und Äcker wenig zu tun gab. Nicht einmal Läden zum Einkaufen gab es; dafür mußte man in die Nachbarstadt fahren.

In Tokyo hatte ich nie an Großvater gedacht. Hier aber genügte es, einen Blick aus dem Fenster zu werfen, die Berge zu sehen, den Fluß zu hören, um sich an Dinge zu erinnern, die man längst vergessen geglaubt hatte.

Als Kind saß ich oft allein zu Hause. Die Mutter war gestorben, und der Vater oft unterwegs. Großvater hatte Mitleid. Er nahm mich an der Hand und ging mit mir spazieren. Ich war damals nicht mehr so klein und schämte mich, an seiner Hand zu gehen. Manchmal pflückte er mit seinen sonnenverbrannten, knochigen Händen für mich ein paar saftige, reife Tomaten, die im Gemüsegärtchen hinter dem Haus wuchsen, und gab sie mir, so wie sie waren, zum Essen. Er war ganz anders als mein Vater.

Großvater legte großen Wert auf gutes, gesundes Essen. Er zog sein eigenes Gemüse und wußte auch, wie man einen aromatischen Kaffee braut.

Kaffee war seine Leidenschaft. Kein Aufwand war ihm zu groß, keine Reise zu anstrengend, um die besten Bohnen zu finden.

Wenn ich an Großvaters Hand ging, war mir, als würde der Himmel auf die Erde fallen. Meine Hand schwitzte. Erinnerungen an meine Mutter quälten mich. Aber so sehr ich auch litt – als Kind, das keine Mutter mehr hatte, konnte ich diese Hand nicht loslassen. Ich wollte kein schlechtes Gewissen haben, wenn Großvater eines Tages nicht mehr da war. Ich wußte, irgendwann würde ich ihm dankbar sein.

Instinktiv klammerte ich mich an das, was ich hatte, tappte ängstlich durch diese Welt, auf die kein Verlaß war. Und die Angst wurde immer größer und bedrohlicher, begleitete mich überallhin, wie das Rauschen des Flußes. Trotzdem weinte ich fast nie. Wo blieben sie denn, die Tränen? Sammelten sie sich in meinem Herzen? Vielleicht war das der Grund, warum meine Stimme einen so seltsamen Klang annahm: brüchig und näselnd, als hätte ich mich erkältet.

In solchen Zeiten konnte mir nur der Fluß helfen. Ich setzte mich ans Ufer und weinte im Schutz des Windes, der die Schluchzer in sich aufnahm, mit sich forttrug.

Danach fühlte ich mich erleichtert und wurde

für eine Weile wieder das fröhliche, unbeschwerte Kind, das die Leute gern zum Lachen brachte.

Aber eines Tages war auch Großvater nicht mehr da.

Wieder war der Fluß mein Retter in der Not. All meine Gefühle, die ich niemandem anvertrauen konnte, lösten sich in Tränen auf, tropften in die Falten meines Rockes. Ich weinte und weinte und staunte selbst über den Strom von Tränen, der aus mir herausbrach.

Wenn ich so lange geweint hatte, bis mir Hals und Nase brannten, wurde der Himmel seltsam klar, als könnte ich mit der Hand nach ihm greifen.

Und wieder mußte ich daran denken ... Ich wachte aus meinem Tagtraum auf.

Ja, so war es doch. Seit meiner Heimkehr fühlte ich mich, als wäre jemand gestorben. Die Welt war in einen Schleier aus Trauer und Schmerz gehüllt, eigenartig schön und unwirklich.

Diese Stadt war voller Erinnerungen. Sie erdrückten mich fast.

Und plötzlich wurde mir klar: Von einem Geliebten verlassen zu werden war ein Verlust, der tödlicher ist als der Tod selbst. Denn während ich Mühe hatte, mir das verblassende Bild meines Geliebten in Erinnerung zu rufen, waren mir Großvater und Mutter noch immer ganz nah. Ich konnte ihre Anwesenheit fast körperlich spüren, wie eine schützende Hand.

Ich schaute aus dem Fenster, zum blauen Himmel hoch. Überrascht, daß sich meine Gefühle über all die Jahre hinweg kein bißchen verändert hatten, dachte ich: Das Herz eines Menschen bleibt sich im Innersten doch ewig treu.

Auch bei Rumi hatte sich kaum etwas geändert. Sie wohnte wie früher in der Nachbarstadt und war unter der alten Telefonnummer erreichbar. Wir verabredeten uns für den nächsten Tag.

Die Jahre schienen spurlos an ihr vorübergegangen zu sein. Ihre Figur erinnerte mich an eine verwöhnte, mollige Katze.

Rumi erzählte, ihre Eltern lebten nach wie vor getrennt, zur Scheidung sei es aber nicht gekommen. Ihre Mutter war offenbar nach Dänemark gezogen und arbeitete dort als Wahrsagerin. Ich fragte mich, wie ihr das gelungen war. Stand ihr eine Dolmetscherin zur Verfügung, oder hatte sie so schnell die Sprache erlernt?

Rumis Wohnung befand sich in einem alten dreistöckigen Mietshaus. Auch wenn überall Sachen herumlagen und sich Bücherberge stapelten, wirkte das Zimmer nicht dunkel, sondern hell und luftig.

Rumi schenkte mir Schwarztee ein. Er schmeckte gut.

»Sag mal, wovon lebst du eigentlich?« fragte ich sie. Da wir einmal fast Schwestern geworden wären, brauchte ich meine Neugier nicht zu zügeln.

»Ich arbeite als Kindergärtnerin.«

Überrascht guckte ich sie an. Wenn sie gesagt hätte, Wahrsagerin, Verkäuferin in einem Kleiderladen oder einer Tierhandlung, wäre ich kein bißchen erstaunt gewesen. Aber Kindergärtnerin … Ich warf einen Blick auf die Bücherstapel. Tatsächlich. Da gab es viele pädagogische Bücher über Montessori, Steiner, Alternativschulen und dergleichen.

»Weißt du, ich arbeite in einem privaten Kinderhort, der sich an Steiners Ideen orientiert. Eines Tages möchte ich selbst einen aufmachen. Der Kinderhort ist zwar nicht übel, aber leider haben wir nur einen kleinen Garten. Ich wünsche mir etwas Großzügigeres, wo sich die Kinder wirklich austoben können.«

»Daß das dein Traum ist, hätte ich nie gedacht.«

»Wir haben halt nie darüber gesprochen. Aber ich wollte schon immer etwas in dieser Richtung machen.« Rumi lächelte. »Seit jeher hat man mir gesagt, ich sei ein komisches Kind. Niemand wußte mit mir etwas anzufangen. So entstand irgendwann der Wunsch, es besser zu machen. Eine Umgebung zu schaffen, die solchen Kindern gerecht wird. Der Job ist anstrengend, aber interessant. Jeden Tag ist irgend etwas los. Abends bin ich ziemlich geschafft, aber es ist ein gutes Gefühl. Du müßtest die Eltern sehen – wie eifersüchtig die manchmal werden, wenn ihre Kinder nicht mehr nach Hause wollen. Wir sind wie dicke Freunde, es herrscht eine ausgelassene, entspannte Atmosphäre. Kein Wunder fühlen sich die Kinder bei uns wohler als bei ihren oft gestreßten Müttern. Das ist das ganze Geheimnis unseres Erfolgs.«

»Ein Glück, wenn man genau weiß, was man will. Da kann man konsequent darauf hinarbeiten.«

»Na ja, wenn du Eltern hast wie ich, bei denen alles so unsicher ist, bleibt dir nichts anderes übrig. Auf jeden Fall wollte ich so rasch wie möglich selbständig werden, Geld verdienen und meine eigenen vier Wände haben. Aber ... Warum bist du eigentlich wieder hier gelandet? Hat es mit der Liebe nicht geklappt?«

Ich wurde von Rumis Frage so überrumpelt, daß ich fast vom Sofa fiel.

»Woher weißt du das?«

»Es steht dir ins Gesicht geschrieben.«

»Ach so, die Tochter einer Wahrsagerin muß es ja wissen.«

»Nein, du siehst bloß wie ein Gespenst aus. So blaß und durchsichtig, als wärst du gar nicht wirklich da. Aber ich bin sicher, du wirst bald wieder in deine Haut schlüpfen, ins Hier und Jetzt zurückfinden.«

So einfach lassen sich acht Jahre wegwischen, dachte ich etwas beleidigt und wechselte das Thema.

»Rumi, mit Kappa kennst du dich ja aus. Aber hast du schon mal Geister gesehen?«

»In letzter Zeit sogar öfters. Nachts, am Fluß«, sagte Rumi seelenruhig. »Aber mein eindrücklichstes Erlebnis hatte ich als Kind.«

Natürlich wollte ich die Geschichte hören. Es war eine seltsame Geschichte.

Rumis Vater war kaum je zu Hause, und ihre Mutter hatte dauernd Besuch von Leuten, die mit ihren Problemen nicht klarkamen. Wenn Rumi von der Schule zurückkehrte, hielt sie es zu Hause meistens nicht lange aus und ging auf den Friedhof. Sie las die verwelkten Blumen von den Gräbern zusammen, warf verrottete Opfergaben weg, reinigte alte Grabsteine und goß frisches Wasser in die Blumenvasen. Warum sie das tat, konnte sie nicht genau sagen.

»Wahrscheinlich fühlte ich mich irgendwie diesen armen Seelen verbunden. Die hatten ja auch niemanden, der sich um sie kümmerte«, sagte Rumi ohne den geringsten Anflug von Selbstmitleid und ohne jeden Groll ihren Eltern gegenüber. Sie muß schon als Kind sehr reif gewesen sein, dachte ich voller Bewunderung.

Auf jenem Friedhof also, wo Rumi sich die Zeit vertrieb, gab es eine japanische Ulme. Der dicke bemooste Stamm hatte mehrere Höhlen und Spalten, und die Baumkrone war so mächtig, daß man den Himmel nicht mehr sehen konnte. Die Blätter an den dichtbelaubten Ästen waren schön gezackt. Rumi mochte den Baum über alles.

Eines Tages, als sie sich in seinem Schatten ausruhte, erschien ihr plötzlich ein wunderlicher Mann, halb Baum, halb Mensch. Man konnte nicht genau sagen, was Mensch war und was Baum; beides schien untrennbar miteinander verschmolzen. Rumi erschrak, beruhigte sich aber bald wieder.

»Damals war das Leben für meine Mutter alles andere als einfach. Ich sah, wie sie von allen Seiten bedrängt wurde. Sie stand unter enormem Druck, die Leute fühlten sich angezogen von ihrer Schönheit, ihrer besonderen Begabung und ihrem Erfolg, wollten auch davon profitieren. Sie konnte kaum mehr atmen. Inmitten dieses Trubels wuchs ich auf, umgeben von Leuten, die zwar nett schienen, in deren Herzen es aber ziemlich häßlich aussah.

Bei dem Mann auf dem Friedhof war es umgekehrt: Obwohl mich seine Erscheinung erschreckte, spürte ich, daß er ein gutes Herz hatte. So verflog die Angst im Nu.«

Von da an zeigte er sich jedes Mal, hielt sich still in Rumis Nähe auf. Er sagte kein Wort, aber es schien ihn zu freuen, wie sie sich um die vernachlässigten Gräber kümmerte. Wenn sie manchmal nebeneinander saßen, vergaß Rumi ihre Einsamkeit, fühlte sich in der Stille aufgehoben.

»Ich war ja noch klein, doch schon damals wurde mir bewußt, welche Vertrautheit man empfinden kann, allein dadurch, daß man gleich fühlt wie der andere.« Rumi lachte. »In Wahrheit beruhen unsere Sympathien oder Antipathien nicht auf Worten, sondern auf einem gefühlsmäßigen Gesamteindruck. All unsere zwischenmenschlichen Beziehungen sind geprägt von so einem umfassenden Gefühl.«

Hin und wieder begegnete Rumi der Mann im Traum, und sie erfuhr, daß er, voll von Eifersucht und Verbitterung, sich selbst umgebracht hatte. Sein Grab lag ganz in der Nähe der Ulme, und während die Ulme wuchs und wuchs und das Grab unter ihre Fittiche nahm, fand der Mann allmählich seinen Frieden wieder. Jetzt, nach all den Jahren, war er eins geworden mit dem Baum und wachte über die einsamen Seelen, die auf dem Friedhof umherirrten.

»Was für ein zartes Gemüt! Geht an einer unglücklichen Liebe zugrunde … Statt dich hier allein in deiner Gruft zu quälen, hättest du doch zu deiner Geliebten gehen und ihr ein bißchen Gesellschaft leisten können«, wollte Rumi, die kleine Lebenserfahrene, ihn necken, aber sie ließ es. In seiner Baumgestalt schien er sich ganz wohlzufühlen, und außerdem würde er eines Tages sicher die Chance haben, noch einmal auf die Welt zu kommen.

»Aber dann bitte nicht als mein Kind, gell? Ich will nämlich einen reichen Mann heiraten und Kinder haben, die im Alter für mich sorgen. So ein gutmütiger Kerl wie du – das wär ein Geschenk!«

Es war ihr, als lächelte er. Mit einem Mund, der kein Mund war, und Augen, die keine Augen waren. Sein ganzes Wesen strahlte eine große Wärme aus.

»Und siehst du ihn nicht mehr?« fragte ich.

»Doch, ab und zu taucht er immer noch in meinen Träumen auf und erzählt mir etwas. Aber wenn ich jetzt auf jenem Friedhof spazieren gehe, ist er nicht mehr da. Spurlos verschwunden. Die Ulme wurde gefällt, um Platz zu schaffen für neue Gräber. Den ganzen Boden haben sie umgegraben, bis zur letzten Wurzel.«

»Eine traurige Geschichte.«

»In gewisser Weise war er meine erste Liebe.« Rumi lächelte bedeutungsvoll.

Zuerst der Wasserkobold, dann der Baumgeist – war Rumis Geschmack nicht etwas komisch? Aber ich verkniff mir eine Bemerkung.

»Geister sind wie Menschen«, fuhr sie fort. »Macht man sich falsche Vorstellungen von ihnen, wird man enttäuscht. Auch die Beziehung zum Ulmenmann hätte schwierig werden können, wenn seine tief im Innern rumorenden Gefühle plötzlich hochgekommen wären und er seine ganze Verbitterung an mir ausgelassen hätte. Oder wenn wir im Gegenteil so getan hätten, als wäre alles in bester Ordnung. Ich glaube, nur wenn man behutsam und trotzdem offen aufeinander zugeht, kann man sich wirklich verstehen. Im Schmerz, den wir beide empfanden, fühlten wir uns einander verbunden.«

»Es braucht sicher auch Zeit.«

»Ja, und um herauszufinden, was in jemandem vorgeht, muß man sich ihm von verschiedenen Seiten nähern. Sonst täuscht man sich leicht und meint, was für eine tolle Bekanntschaft man gemacht hat.«

»Aber … warum hat er's denn nicht ins Paradies geschafft? Er war doch so gutherzig.«

»Vielleicht wollte er noch ein bißchen was sehen

von dieser Welt, zusammen mit der Ulme. Inzwischen hat er hoffentlich seinen Weg gefunden. Ich habe ja auch viel für ihn gebetet. Weißt du, auch heute noch fühlt ein Teil von mir genau wie jenes Kind, das sich, mutterseelenallein, um die Gräber der Toten kümmerte. Das Gefühl werde ich nie vergessen. Und ich denke, jene Welt der Stille, fern von allen Menschen, war ein Glück für mich und ist es noch immer. Denn in jener Welt, in der es nur uns beide gibt, bin ich nach wie vor mit ihm verbunden. Ja, dort fühle ich mich ihm näher als sonst jemandem auf der Welt.«

Während Rumi sprach, spürte ich, wie das Bild des kleinen, sich selbst überlassenen Mädchens und des zartbesaiteten, glücklosen Mannes langsam in mein Herz sank wie in einen stillen, klaren Teich.

»Also, es war, als hätte ich jemanden getroffen, der mir von Anfang an vertraut war, obwohl ich mich nicht erinnern konnte, diesem Mann jemals begegnet zu sein. Entschuldige, daß ich dir das alles erzählt habe. Als du mich nach den Geistern gefragt hast, ist mir diese Geschichte plötzlich in den Sinn gekommen.«

»Eine richtige Love-Story stelle ich mir aber etwas anders vor.«

»Klar, er war ja auch nicht gerade mein Traumtyp. Aber in meiner Erinnerung ist er stets da, wenn auch weit, weit weg und wie in einen Nebelschleier gehüllt.«

Als ich Rumi so zuhörte, begann sich auf einmal etwas in mir zu regen. Eine Erinnerung, weit, weit weg, getaucht in ein sepiafarbenes, schwach schimmerndes Licht.

Rumi lachte und sagte: »Wer weiß, vielleicht bin ich ihm ja nur im Traum begegnet.«

Draußen blies ein kalter Wind, doch im Zimmer mit dem Ofen war es schön warm und gemütlich. Durch die beschlagenen Fensterscheiben sah man einen kahlen Baum. Seine Äste zeichneten ein hübsches Muster in den Himmel. Wir schlürften Schwarztee. Der süße und zugleich etwas bittere Geschmack paßte gut zur winterlichen Stimmung.

Ich saß auf dem Sofa, während Rumi es sich auf einem großen Kissen am Boden bequem gemacht hatte. Eine bunte Strickdecke lag auf ihren Knien. Schon lange nicht mehr hatte ich mich so wohlgefühlt. Obwohl wir nicht verwandt waren, empfanden wir allein dadurch, daß wir es einmal fast geworden wären, eine große Nähe und Vertrautheit.

»Ich komme wieder«, sagte ich und schlüpfte in den Mantel. Am Horizont, wo die Sonne untergegangen war, glühten die Wolken. Ich spürte den frischen Wind auf meinen Wangen und blickte zu Rumis Wohnung hoch, in der Licht brannte. Ihre

Herzlichkeit, Ungezwungenheit und Spontaneität – sie umhüllten mich wie ein warmes, weiches Federkleid. Befreit von einer drückenden Last, lernte meine Seele endlich wieder fliegen.

Ich begegnete ihm wieder, als ich eines Nachts ziellos durch die Straßen streifte.

Ich hatte schlecht geträumt und war schwitzend und mit zusammengepreßten Zähnen aufgewacht. Die Kartonkisten umzingelten mich im Mondschein wie Grabsteine. Ich schnappte nach Luft und richtete mich auf. Am Fußende schlummerte zusammengerollt die Katze. Die Decke war schwer und mein Körper heiß, im Zimmer jedoch war es eiskalt. Ich stellte den Ofen an und kochte mir einen Tee.

Obwohl ich nichts Schlechtes getan hatte, fühlte ich mich wie eine Schuldige.

Obwohl niemand gestorben war, fühlte ich mich, als hätte ich jemanden verloren.

Durch das kleine Fenster schaute ich zum Mond hinauf. Er war da, wie immer. Der gleiche Mond, den ich so oft mit meinem Geliebten angeschaut hatte. Aber jetzt war ich allein in diesem jämmerlichen Verschlag, irgendwo in der Provinz, ohne richtige Arbeit, ohne irgend etwas … Es gab Momente, in denen ich das als befreiend empfand, aber es waren schmerzliche Momente. Wo war bloß mein Leben? Wo gehörte ich hin? Jedesmal, wenn mir die Frage durch den Kopf geisterte, verspürte ich ein heftiges Verlangen nach jener Zeit, die mir alles bedeutet hatte. Gäbe es nur ein Zurück!

Schon wieder begannen sich meine Gedanken im Kreis zu drehen. Ich öffnete das Fenster. Die klirrendkalte, frische Luft strömte in meine Lungen – eine Luft, von der man in Tokyo nur träumen konnte. Im Nu fühlte ich mich besser, als hätte sie meinen bösen Traum verscheucht und mich wieder in die Gegenwart zurückgeholt.

Ich wollte hinaus, ins Freie. Ich warf mir den Mantel über den Pyjama. Es war ein Uhr früh. Abgesehen von ein paar vereinzelten Lichtern herrschte tiefe Dunkelheit. Vom Fluß her war nur ein leises Rauschen zu hören. In der Schwärze der Nacht bekam es einen fast ätherischen Klang, der bis in mein Innerstes drang.

Ich folgte einem Nebenarm, überquerte eine Brücke und kam schließlich zum Hauptstrom. Keine Menschenseele weit und breit. In der großen Stille stand ich allein da und blies weiße Atemwolken in die Nacht.

Eigentlich hatte ich vorgehabt, nur ein kleines Stück zu gehen, aber wenn man einfach immer dem Fluß folgt, merkt man gar nicht, welche Distanz man zurücklegt. Kein Mensch weit und breit. Nur einmal kam mir eine Gruppe Jugendlicher entgegen.

Ganz anders als in Tokyo, dachte ich. Der Himmel war hier noch richtig schwarz, während er in Tokyo meist gräulich schimmerte.

Plötzlich blieb mein Blick an einem Haus hängen. Im ersten Stock leuchtete eine rote Laterne mit der Aufschrift »Ramen«*. Ich griff in die Manteltasche. Geld hatte ich dabei. Eine Nudelsuppe, das wäre was. Aber ... im Pyjama? Na, du mußt den Mantel ja nicht ausziehen, ermunterte ich mich.

In letzter Zeit hatte ich kaum Appetit gehabt, aber jetzt hörte ich auf einmal meinen Magen knurren. Langsam stieg ich die Treppe hinauf. Die Tür sah aus wie die eines gewöhnlichen modernen Mietshauses. Verlegen stand ich da. Zögerte. Dann klingelte ich.

Ich hörte hastige Schritte, und tatsächlich öffnete sich nach einigen Momenten die Tür. Der, der sie öffnete, sah aus, als hätte man ihn gerade aus dem Schlaf gerissen.

Ich war sprachlos. Vor mir stand kein anderer als der Mann, den ich neulich auf der Straße getroffen hatte. Das gibt es also doch, dachte ich – Menschen, die das Schicksal verbindet.

* Japanische Bezeichnung für chinesische Nudelsuppe (A. d. Ü.)

»Äh … Ich hätte gern eine Nudelsuppe …«

»Ja, kommen Sie nur herein.«

Seinem zerzausten Haar nach hatte der Mann offenbar geschlafen. Trotzdem empfing er mich freundlich. Als ich eintrat, staunte ich noch einmal: Das war keine Kneipe, sondern ein ganz normales Wohnzimmer. Einzig die Theke mit fünf Stühlen deutete darauf hin, daß man hier bewirtet wurde. Der private Teil befand sich hinter einem Paravent.

Natürlich war niemand da außer mir.

»Ich habe Nudelsuppe mit klarer Brühe, Miso* oder gemischt mit Einlagen.«

Er machte sich hinter der Theke zu schaffen. Es raschelte und knisterte.

»Äh … sagen Sie mal, sind das nicht Instantnudeln? Sapporo Number One?«

»So ist es. Aber ich tu Ihnen gerne noch Sojasprossen und ein Ei rein. Auch Butter und jede Menge Pfeffer und Sesam«, antwortete er schmunzelnd.

»Wieviel kostet das?«

»300 Yen.«

»Dann eine gemischte, bitte. Und ein Bier.«

Schöner Reinfall, dachte ich. Instantnudeln! Die

* Sojabohnenpaste

hätte ich genausogut zu Hause machen können. Wenn der nicht ein bißchen verrückt ist ...

Er arbeitete flink. Nahm aus einem kleinen Kühlschrank frische Sojasprossen und dämpfte sie an. Dann holte er aus dem gleichen Kühlschrank eine Dose Bier. Sie war gut gekühlt. Als Snack gab es Erdnüsse.

»Ich finde, Sapporo Number One sind die besten. Das wollte ich den Leuten beweisen und hab deshalb den Laden hier aufgemacht. Aber nur wenn ich gerade Lust habe.«

»Ach so«, sagte ich. »Dann machen Sie das illegal?«

»Klar! Ist ja nur ein Hobby.« Er lachte.

Gibt es keine Yakuza*, die ihr Revier kontrolliert? Und die Polizei, merkt die das nicht?, fragte ich mich, während ich an meinem Bier nippte und Nüsse knabberte.

»Notfalls hänge ich einfach die Laterne ab. Damit ist die Sache erledigt. Aber solange keiner mekkert, mach ich weiter.«

Seine Art zu reden, die Schultern, die Bewegungen – alles kam mir bekannt vor. Wo hatte ich diesen Mann bloß getroffen? Es wollte mir einfach nicht einfallen.

* Japanische Mafia (A. d. Ü.)

Die Suppe war schnell fertig. Zu Unrecht hatte ich insgeheim über die Instantsuppe gelästert. Sie schmeckte viel besser als erwartet, was nicht nur am Pfeffer und dem frischen Gemüse lag. Es lag auch daran, daß sich zu später Stunde jemand Zeit nahm, für mich zu kochen.

Meine Stimmung heiterte sich auf.

»Wohnen Sie hier in der Nähe? Ich habe Sie noch nie gesehen.«

»Ich komme von hier, bin aber nur vorübergehend da. Ich bin die Enkelin von der Dame, die das Café Heidi führt. Kennen Sie es?«

»Aber sicher, der Laden mit dem berühmten Cheesecake! Dann sind Sie also die Tochter von diesem komischen Kauz?« Er lachte laut heraus.

Ich wurde rot. »Was ist denn so komisch?«

»Na ja, bis vor kurzem hat er immer so einen weißen Anzug getragen und ist wie ein Seliger durch die Stadt gewandelt. Mit einem weisen Lächeln im Gesicht.«

Wie peinlich, dachte ich.

»Aber Ihr Vater war lange im Ausland, nicht wahr?«

»Ja schon ...«

Immerhin noch besser als damals, als er Tag und Nacht meditiert hat, dachte ich. Oder als er auf dem Entschlackungstrip war und nur noch Blattspinat gegessen hat. Jeden Tag mußte ich Säcke davon nach Hause schleppen. Ich weiß noch genau, wie der Gemüsehändler mich anguckte ... Dachte wohl, wir wären nicht ganz dicht.

Als ich fast fertig gegessen hatte, klingelte es plötzlich. Nanu, was war denn das? Ein Gast? Ich schaute den Mann fragend an. Ohne ein Wort zu sagen, kam er hinter der Theke hervor und verschwand aus dem Zimmer.

Ich wartete eine Weile. So, ich geh nach Hause, dachte ich und wollte gerade tausend Yen auf die Theke legen, da kam er wieder zurück.

»Entschuldigen Sie, das macht sechshundert Yen.« Er atmete heftig.

»Ist alles in Ordnung?« fragte ich.

»Wissen Sie, meiner Mutter geht es nicht so gut. Sie ist bettlägerig. Erinnern Sie sich an das Busunglück letztes Jahr?«

»Ja natürlich«, antwortete ich. »Das war furchtbar.«

Ich hatte davon in den Nachrichten erfahren. Zwei oder drei Nachbarschaftsvereine unserer Stadt waren auf einem Badeausflug, als der vollbesetzte Bus einen steilen Berghang hinunterstürzte. Unmittelbar vor dem Unglück konnten einige Leute noch ihre Familien anrufen. Offenbar steuerte der psychisch kranke Fahrer absichtlich auf den Abgrund zu. Es gab einen Riesenaufruhr, und auch ich war in größter Sorge, ob es Verwandte oder Freunde von mir getroffen hatte. Durch die telefonischen Hilferufe der Todgeweihten erlebte man den Schrecken sozusagen live mit. Ganz Japan war geschockt, und die Angehörigen – die haderten mit sich. Ein jeder auf seine Weise.

»Meine Mutter hätte auch mitfahren sollen, aber sie wollte nicht. So ging mein Vater allein. Mutter sagte, sie habe ein ungutes Gefühl gehabt und versucht, Vater von der Reise abzuhalten. Aber er hörte nicht auf sie, und wenig später war er tot.«

»Hmm ...«

»Seither liegt sie im Bett.«

»Oje, das tut mir leid ... Aber ehrlich gesagt, wäre es in dieser Situation nicht besser, mit dem Nudelimbiß aufzuhören?«

Selbst wenn ich geglaubt hätte, jemanden bereits gut zu kennen – normalerweise hätte ich es nie und nimmer gewagt, mich beim ersten Treffen so zu äußern, wie ich es eben getan hatte. Doch seine Unbefangenheit war so ansteckend, daß ich meine Hemmungen verlor und einfach sagte, was ich dachte. Ich war sicher, er würde es mir nicht übelnehmen.

»Eigentlich bin ich Skilehrer, aber ich konnte meine Mutter unmöglich allein lassen. Sie braucht vor allem auch seelische Unterstützung. Zum Glück hat mein Vater Erspartes, so daß ich dieses Jahr Urlaub nehmen kann.«

»Ach so.«

»Der Nudelimbiß ist eine willkommene Abwechslung. Ich komme ja kaum aus dem Haus. Und da es von der Busfirma auch ziemlich viel Geld gab, ließ ich es dabei bewenden. Mutter ist am wichtigsten. Hauptsache, sie erholt sich wieder.«

»Mutter ist am wichtigsten« – jemand, der das ehrlich meint, muß ein gutes Herz haben, dachte ich. Im Gegensatz zu dem unfaßbaren Unglück, das über diese Familie hereingebrochen war, erschien mir mein Liebeskummer plötzlich wie ein lächerliches Wehwehchen. Ein kleiner Trost.

»Ich komme wieder«, sagte ich und wollte aufstehen.

Da sagte er: »Ihr Vater kennt sich doch aus mit psychischen Problemen und so, nicht wahr?«

»Ich weiß nicht genau, aber ich glaube, damit hat er sich ziemlich lange beschäftigt.«

»Darf ich dann vielleicht mal mit Ihrem Vater sprechen? Er weiß bestimmt, wie man Mutter am besten helfen könnte.«

»Kein Problem. Vater ist jetzt in den USA, aber wenn er zurückkommt, gebe ich Ihnen Bescheid.«

»Danke, das ist nett.« Er lachte und schrieb mir seine Telefonnummer auf einen Zettel. Er hieß Mitsuru Ōtaka. Der Name kam mir nicht bekannt vor.

Etwas Warmes im Magen und nette Gesellschaft – das wärmte auch meine Seele. Ich bereute es nicht, daß mich die rote Laterne hierhergelockt hatte. Im Gegenteil. Es gab viel Leiden in der Welt, und ich war fast ein wenig stolz auf mich, endlich den Kopf aus meiner kleinen Welt gestreckt und, wenn auch nur ein wenig, das Leid anderer Leute geteilt zu haben.

Seit jener Nacht kam Ōtaka ab und zu ins Café meiner Großmutter. Meistens saß er mitten im Orchideendschungel und aß mit düsterer Miene eine Schale Reis und gebratene Sardinen. Wie er so dasaß, in Schweigen versunken und mit Ringen unter den Augen, sah er richtig erschöpft aus, als trage er eine schwere Last. Aber sobald ich ihm zuwinkte, hellte sich sein Gesicht auf, und der abweisende Blick wich einem strahlenden jungenhaften Lachen. Ich war jedes Mal erleichtert.

Eines Tages sagte Großmutter: »Den Mann habe ich schon irgendwo gesehen.«

Ich war wie elektrisiert. »Und wo?«

»Ich weiß nicht, er war ein bißchen anders als

jetzt … Wie soll ich sagen … Ich glaube, ich habe ihn nicht in der Stadt getroffen, sondern irgendwo anders, in einem entscheidenden Moment«, sagte sie.

Dieses Gefühl hatte ich auch.

Angestrengt versuchten wir herauszufinden, wo und wann das gewesen sein konnte, aber es war unmöglich. Als hätte uns eine höhere Macht die Augen verbunden und ließe uns absichtlich im Dunkeln tappen.

Wenn mich etwas quälte und mitten in der Nacht aus dem Schlaf riß, ging ich ab und zu eine Nudelsuppe essen. In der finsteren Nacht mit klopfendem Herzen den Fluß entlang, das Sternenmeer über mir. Die Füße fühlen sich immer kälter an, während der Körper warm und wärmer wird. Und dann, endlich, die rote Laterne …

Es kam aber auch vor, daß mich allein der Gedanke an den erfrischenden Spaziergang und die rote Laterne wieder beruhigte und ich friedlich einschlief.

In der Beziehung zwischen ihm und mir änderte sich nichts. Wenn man, wie wir beide, keine Reserven hat, kommt keine Lust zum Flirten auf. Was sich änderte, war aber die Anrede. Ich nannte ihn jetzt Mitsuru, und er mich Hotaru.

Endlich mal wieder eine neue Freundschaft,

dachte ich voller Freude, nachdem ich in Tokyo einzig und allein für meinen Geliebten dagewesen war und weder Zeit noch Lust gehabt hatte, irgendwelche Leute kennenzulernen. Wenn ich gelegentlich alte Freunde zu einem Schwatz traf, war das schon viel gewesen.

In dem improvisierten Nudelimbiß eine liebevoll zubereitete Instantsuppe zu essen war Seelenbalsam für mich. Wenn in der Dunkelheit plötzlich die rote Laterne auftauchte, atmete ich erleichtert auf.

Dort wartete etwas Neues, Unbekanntes auf mich. Es fühlte sich an wie ein frischer Wind, der meine ewig gleichen, trüben Gedanken verscheuchte.

Manchmal waren auch andere Gäste da: Menschen, die sich einsam fühlten, oder Leute, denen man ansah, daß sie wenig Geld hatten. Auch Studenten. Ich war offenbar nicht die einzige, die sich nach ein wenig Geborgenheit sehnte.

Mein Exfreund war kein besonders geselliger Mensch gewesen. Auch Geld hatte ihn kaum interessiert. Dafür um so mehr die Natur. Die Natur war das einzige, was er wirklich mochte. Bei jeder Gelegenheit zog es ihn aufs Land hinaus, in die kleinen Dörfer, wo er alles mögliche fotografierte, Schönes und Häßliches.

Doch da er davon allein nicht leben konnte, arbeitete er oft für Zeitschriften. Wenn Aufträge anstanden, durfte ich jeweils als Assistentin mithelfen. In solchen Momenten fühlte ich mich wie jemand, der richtig arbeitet.

Seine Fotosammlung bestand fast nur aus Landschaftsaufnahmen, aber es gab auch ein Foto von mir, auf dem ich lachend in eine Wassermelone beiße. Wir waren damals am Strand von Chiba. Die Sonne war so grell, daß ich eine gräßliche Grimasse schnitt. Und der Katzenbuckel! Unvorteilhafter ging es nicht. Trotzdem wünschte ich mir jedesmal jene Zeit zurück, wenn ich im Spiegel mein blasses, müdes Gesicht sah und unwillkürlich an das Gesicht auf dem Foto dachte. Was für ein herrliches Gefühl war es gewesen, so unbeschwert und sorglos in den Tag hineinzuleben.

Er und seine Frau hatten als Studenten geheiratet. Sie hätten sich fast schon beim ersten Rendezvous dazu entschlossen, sagte er. Auch heute noch kämen sie nicht schlecht miteinander aus. Leider habe sie kein Interesse an der Natur, geschweige denn am Reisen. Er sei gern allein, aber ab und zu habe er das Bedürfnis, die Schönheit der Natur mit jemandem gemeinsam zu genießen.

In vielem, was er mir von seiner Frau erzählte, kam zum Ausdruck, wie sehr sie ihn schätzte.

Mochte er noch so oft außer Haus sein – stets blieb sie der ruhende Pol, gebar trotz ihrer schwächlichen Konstitution einen Jungen und kümmerte sich aufopferungsvoll um seine Erziehung. Vielleicht ein wenig zu aufopferungsvoll, dachte ich. Er hat sich wohl vernachlässigt gefühlt und dann irgendwann mich gefunden.

Wir lernten uns bei einer Ausstellung seiner Fotos kennen, zu der mich eine Freundin eingeladen hatte. Ein wenig mitgenommen vom Leben in Tokyo, sehnte ich mich nach der eigentümlichen Ruhe und Ursprünglichkeit, die man nur auf dem Land findet. Und genau das kam in seinen Landschaftsfotografien zum Ausdruck: der Geruch, die Farben, das Licht … Ich war so begeistert, daß ich es ihm, der gelangweilt in der Lobby herumstand, unbedingt sagen wollte.

Nach der Ausstellung schickte er mir einen kurzen Brief.

Wir hatten beide denselben Wunsch: unser Leben zusammen zu verbringen.

»Wer weiß, was passiert wäre, wenn ich mir diese Gelegenheit hätte entgehen lassen«, sagte er. »Ich mußte etwas tun, egal, was geschehen würde.«

Als wir uns das erste Mal allein in einem Café trafen und ich meine Hand in seiner spürte, weinte ich. Auch ihm standen Tränen in den Augen. Aber es waren nicht nur Tränen des Glücks. Wir wußten beide, daß es nicht einfach sein würde.

Dennoch wäre eine Heirat durchaus möglich gewesen. Ich glaube, es waren nur kleine Dinge, die ihn am Ende davon abgehalten haben. Kaum waren wir ein Liebespaar geworden, begann ich mich nach einer gemeinsamen Wohnung umzusehen, und er versuchte seine knapp bemessene Zeit so zu organisieren, daß wir genug Zeit füreinander hatten. Um unsere Beziehung möglichst lange geheimzuhalten, dachten wir uns genaue Verhaltensregeln aus. Ich schrieb ihm E-Mails, Telefonanrufe auf dem Handy waren tabu. So sehr mich danach verlangte, seine Stimme zu hören – ich mußte der Versuchung widerstehen.

Doch dann gab es diese kleinen Zwischenfälle … Einmal hatte das Kind Mumps, ein andermal starb der Vater seiner Frau, und mit jedem Ereignis, das sich unerwartet vordrängte, verlor unsere Euphorie an Kraft und verflüchtigte sich allmählich inmitten der Alltagshektik, bis am Ende nichts mehr davon übrigblieb.

Einmal lag ich mit hohem Fieber im Bett. In meinem Dämmerzustand nahm ich kaum wahr, was um mich herum passierte. Jedenfalls konnte ich mich danach nur noch vage daran erinnern, daß er gekommen war, mir Medikamente gegeben und sonst irgendwelche Dinge erledigt hatte.

Als ich am Morgen aufwachte, fühlte ich mich besser. Äh ... Wie war das gestern? Ist er wirklich hier gewesen? Oder habe ich nur geträumt? Ich schaute mich um. Auf dem Nachttischchen stand ein Krug mit kaltem Wasser und Eiswürfeln, daneben ein Zettel: »Wenn das Fieber nicht gesunken ist, dann geh bitte zum Arzt.« Mein Pyjama war durchgeschwitzt, die Kehle brannte. Gierig trank ich das Wasser. Es tat gut. Dann stand ich vorsichtig auf. Meine Beine waren noch zittrig.

Im Kühlschrank lagen geschälte Früchte, und auf dem Herd wartete ein Topf Suppe auf mich. Die Küche war aufgeräumt, das Geschirr gespült. Sogar die Wäsche hatte er erledigt. Draußen auf dem Balkon tanzten meine Slips im Wind. Wie nett von ihm, dachte ich, doch in das Gefühl der Dankbarkeit mischte sich eine Prise Trauer.

War seine Frau wirklich so kränklich, wie er immer sagte? Warum ging er immer wieder zu ihr zurück? Ausgerechnet zu dieser Frau? Er mußte seine Gründe haben, dachte ich.

Aber sieh doch, wie nett er ist. Wie er sich um dich kümmert. Das tut er alles nur für dich. Für dich allein!

Während ich die Suppe löffelte, rollten mir Tränen über die Wangen. Das war bestimmt die gleiche Suppe, die seine Mutter für ihn gekocht hatte, wenn er krank war. Doch seine Mutter würde ich nie zu Gesicht bekommen. So wie ich niemals einen festen Platz in seinem Leben bekommen würde.

Mir ging's ja gar nicht ums Heiraten. Ich war ein realistischer Mensch, der sich keine falschen Hoffnungen machte. Und trotzdem hatte ich das Gefühl, in jenem Moment zum ersten Mal verstanden zu haben, was »Heirat« wirklich bedeutete. Nie würde ich auch nur in die Nähe dieses abgründigen, schwindelerregenden Strudels gelangen. Wir mochten uns noch so gut verstehen – für ihn war meine Existenz nicht mehr als ein flüchtiger, harmloser Spuk.

Ja, vielleicht war ich wirklich, wie Rumi gesagt hatte, ein nahezu durchsichtiges, gespensterhaftes Wesen. Schon damals.

Mein Vater rief an und sagte, er käme nächsten Monat zurück.

»Tja, dann bleibe ich mal hier, bis du kommst«, sagte ich erleichtert. Ich war froh, mir vorerst keine Gedanken über die Zukunft machen zu müssen.

»Was meinst du mit ›hier‹? Diesen Lagerschuppen?«

»Der ist ganz gemütlich.«

»Warum wohnst du nicht bei mir? Da bist du immerhin aufgewachsen.«

»Manchmal geh ich hin, mach ein bißchen sauber und esse was. Aber im Moment fühle ich mich hier wohl.«

Mein Vater, der das Vagabundenleben liebte, insistierte nicht weiter. Erst neulich war er, wie er erzählte, in Alaska gewesen. Hatte in einer Gegend, in die sich kaum je eine Menschenseele verirrt, eiskalte Nächte verbracht und sich von gefrorenem Fisch und Robbenfleisch ernährt. Die Kälte sitze ihm noch immer in den Knochen. Deshalb wolle er noch ein wenig in die Wärme, bevor er nach Japan komme. Was für ein zäher Kerl, dachte ich. Ein normaler Mensch wäre wohl glatt erfroren.

»Gut, daß du nach Hause kommst. Ein Freund von mir möchte dich gern etwas fragen. Darf ich ihn dir vorstellen?«

»Ein Freund ...?«

»Keine Sorge, ein ganz normaler Freund. Weißt du, es gab doch dieses Busunglück. Sein Vater war auch unter den Opfern. Seither liegt die Mutter im Bett, körperlich und psychisch so angeschlagen, daß sie nicht mehr aufstehen kann. Ich glaube, er möchte nur wissen, ob du eine Klinik empfehlen kannst.«

»Wenn es nur das ist, kann ich ihm gern helfen, kein Problem. Ach ja, was ich noch sagen wollte … Rumi … Sie ist doch auch da, oder? Die Tochter von Megumi.«

Megumi – als Vater den Namen seiner früheren Geliebten nannte, spürte man noch immer die Wehmut in seiner Stimme. Diese Frau, die er geliebt hatte wie keine andere zuvor, die sein Leben veränderte und wieder verschwand wie ein flüchtiger Traum.

»Frag doch mal Rumi. Sie hat eine gute Nase für solche Dinge.«

»Klar, mach ich. Ich habe sie übrigens neulich getroffen. Ihre Mutter lebt jetzt in Dänemark. Sie ist nicht geschieden, noch immer nicht.«

»Ach, lassen wir das. Ich hab ja meine schönen Erinnerungen.«

»Geht's mit deiner jetzigen Freundin gut?«

»Ja, wir sehen uns oft. Es ist fast so, als würden wir zusammenwohnen.«

Nach Mutters Tod war jeder von uns seinen eigenen Weg gegangen. Aber wenn ich, wie jetzt, mit Vater sprach, fühlte ich mich fast wieder wie ein Kind und vergaß auf einmal das eintönige, beengende Leben in Tokyo. Als wäre nie etwas gewesen. Vielleicht dank der unerschütterlichen Kraft, die Eltern im Laufe ihres Lebens zuwächst und den

Kindern das Gefühl von Sicherheit und Geborgenheit vermittelt.

«Hey, du siehst ja richtig gut aus«, begrüßte mich Rumi freudig.

Als ich anrief, hatte sie noch nicht zu Mittag gegessen. Spontan lud ich sie in Großmutters Café ein. Das Menü bestand aus Curryreis, Cheesecake und Kaffee. Wir setzten uns an einen Tisch in Fensternähe.

»Ziemlich viele Orchideen hier … Als wären wir irgendwo draußen. Aber schön sind sie«, sagte Rumi, während sie manierlich ihr Curry aß. Man konnte auf einen Blick erkennen, wie gut erzogen sie war. Sie aß zwar schnell, aber ihre Bewegungen hatten nach wie vor etwas seltsam Bestimmtes, Entschiedenes, als wären sie genau einstudiert.

Faszinierend, diese Frau, dachte ich. Zu ihren Jeans trug sie eine elegante Bluse mit Stickereien, darüber einen Kunstpelzmantel. Rumi kaute bedächtig und konzentriert. Ihre schneeweißen Pausbacken bewegten sich im Takt dazu.

»Sag mal, Rumi, hast du eigentlich einen Freund?«

Das letzte Mal, als ich bei Rumi gewesen war, hatte ich mich nicht getraut zu fragen, nachdem sie mir schon so viel von sich erzählt hatte.

»Klar, in Dänemark.« Rumi lächelte.

»Waaas? Ist er von dort?«

»Nee, Japaner. Er studiert Pädagogik und jobbt nebenbei in einer bekannten Alternativschule. Irgendwann möchten wir zusammen einen Kinderhort aufmachen. Deshalb ist er hingefahren.«

»Eine ernsthafte Sache, eure Beziehung…«

»Na ja, ich will mein Leben nicht vertrödeln. Obwohl, jetzt, wo unsere Pläne so weit gediehen sind, hätte ich manchmal schon gern ein bißchen mehr Zeit für dieses und jenes. Aber wenn ich sehe, wie die Kinder hier aufwachsen …« Dann fügte Rumi hinzu: »Du kannst übrigens jederzeit bei uns im Kinderhort arbeiten, wenn du Lust hast.«

»Oh, das ist nett.«

Nicht im Traum hatte ich daran gedacht, mich einmal mit Kindern abzugeben. Aber wenn man sie nicht in so enge Löcher wie in der Großstadt sperren mußte, sondern genug Platz zum Austoben war – warum nicht? Es war gut zu wissen, im Notfall auf etwas zurückgreifen zu können. In Tokyo hatte ich völlig isoliert in meiner eigenen Welt gelebt; hier aber fühlte ich, wie sich ein Faden nach dem andern spann und meine Welt sich allmählich weitete, mit diesem und jenem verwob.

»Übrigens, der Mann, von dem ich dir neulich erzählt habe… Gern würde ich wissen, was du davon hältst«, wechselte ich das Thema, um auf das zu kommen, was mich im Moment beschäftigte. Ich erzählte Rumi von seinen Lebensumständen und natürlich von dem, was Großmutter mir gesagt hatte.

Während Rumi ihren Cheesecake aß, ihn auf der Zunge zergehen ließ wie eine sündhaft teure Delikatesse, hörte sie mir schweigend zu, nickte nur ab und zu mit dem Kopf.

Auf einmal sagte sie: »Ich kann mir das gut vorstellen: Eine gefrorene Landschaft, fahles, silbriges Licht ... Bestimmt habt ihr euch an so einem Ort getroffen.«

»Und Großmutter – ist sie auch dabei?«

»Nein, sie gehört nicht mit ins Bild. Aber ich habe das Gefühl, sie schaut euch, etwas besorgt, aus der Ferne zu.«

Rumis Worte klangen, als würde sie wirklich etwas fühlen.

»Tja, vielleicht kommt es mir eines Tages doch noch in den Sinn ...«

»Wenn du erst mal wieder richtig in Schwung bist, ganz sicher. Jetzt fehlt dir einfach die nötige Energie. Aber das kommt schon wieder.«

»Dann ist ja gut«, sagte ich, dankbar für Rumis natürliche, unverkrampfte Art, die so beruhigend auf mich wirkte. Das hatte sie bestimmt von ihrer

Mutter geerbt. Sie wußte, wie wichtig es war, sich selbst treu zu bleiben, um auch dem Gegenüber das Gefühl von Sicherheit und Selbstvertrauen geben zu können.

»Aber seine Mutter tut mir schon leid«, sagte Rumi. »Versinkt in ihrer Trauer und läßt sich immer weiter sinken ... Gewöhnliche Menschen würden sich wohl lieber umbringen, als diese Hölle zu ertragen. Aber ich denke, diese Frau will ihre Gefühle nicht verdrängen. Sie weiß, was für sie richtig ist. Das Unglück damals war wirklich furchtbar. Stell dir vor, wie das für die Leute im Bus gewesen sein muß. Hilflos zuzuschauen, wie der Fahrer auf den Abgrund zusteuert. Und für die Angehörigen, die das am Telefon miterlebt haben. Entsetzlich!«

»Waren alle tot?«

»Ja, jede Hilfe kam zu spät. Für die Kleinen ebenso wie für die Großmütter und Großväter. Die Stadt war wie gelähmt vom Schock, und noch lange Zeit wurde einem elend, wenn man nur einen Bus sah.«

»Ich war ja damals in Tokyo. Alle redeten über das Unglück. Das war schon ungewöhnlich.«

Ich erinnerte mich daran, wie ich vor dem Fernseher die Nachrichten verfolgt hatte – die Nerven bis zum Zerreißen angespannt.

»Wenn du dich als Kind nirgends aufgehoben

fühlst, was dann? Du wirst erwachsen, kriegst Probleme mit diesem und jenem, und am Ende drehst du durch … Solche Unfälle könnten vermieden werden, glaube ich. Eben deshalb möchte ich so bald wie möglich einen Kinderhort aufmachen.« Rumi sprühte vor Energie, und ihr gestreckter Rücken schien der Stimme noch mehr Kraft zu verleihen. In dieser Haltung sah sie genau so aus wie ihre Mutter.

»Rumi, du wärst sicher auch eine gute Wahrsagerin.«

»Ach was, gegen meine Mutter hätte ich keine Chance, und abgesehen davon fände ich es langweilig, das gleiche zu machen«, sagte Rumi und lächelte.

Im Vergleich zu ihr fühlte ich mich, obwohl schon Mitte zwanzig, wie ein kleines Kind. Während sie in all den Jahren zielstrebig auf etwas hingearbeitet hatte, was ihr wichtig schien und auch ihren Fähigkeiten entsprach, hatte ich meine Zeit für andere aufgeopfert und konnte gerade mal ein Diplom für Nail Art und ein bißchen Erfahrung als Fotoassistentin vorweisen.

Mir wurde bewußt, wie gedankenlos ich in den Tag hineingelebt hatte. Doch neben Rumis Lebenserfahrung, ihrer Energie und ihrem Durchsetzungsvermögen verblaßte vielleicht sowieso alles.

Neben einer Frau, die in ihrer Kindheit, sich selbst überlassen, verwaiste Gräber gepflegt und verzweifelte Seelen getröstet hatte. Die ihre Vergangenheit nicht verdrängte, sondern an ihr gewachsen und gereift war.

Da ich keine Mutter hatte, waren die Leute immer besonders nett zu mir, und von Großmutter und Großvater bin ich sogar richtig verwöhnt worden. Für mich war es eine Selbstverständlichkeit, von allen Seiten gehätschelt zu werden. Daran hatte sich eigentlich bis heute nichts geändert.

»Was ich noch zu Mitsurus Mutter sagen wollte: Ich habe das Gefühl, es bräuchte nur wenig, um sie auf andere Gedanken zu bringen. Vielleicht reicht es schon, wenn du sie mal besuchst. Sie nur ein bißchen zum Lachen bringst. Ich bin keine Expertin und kann mich täuschen, aber ich denke, sie ist innerlich gespalten. Während das eine Ich am liebsten sterben möchte, ist das andere stark und lebenshungrig. Es weiß genau, was los ist, und wartet nur auf eine günstige Gelegenheit.«

»Was wäre denn so eine günstige Gelegenheit?«

»Sieht sie oft fern?«

»Weiß ich nicht. Wieso?«

Rumi schien einen fernen Punkt zu fixieren. »Wenn ja, sollte sie damit aufhören. Das macht sie nur noch kränker«, sagte sie mit einer Bestimmtheit, als hätte sie den lebenden Beweis vor Augen. Ich glaubte es ihr sofort.

»Gut, ich werde fragen.«

»Und was ihn betrifft: Selbst wenn er alles im Griff hat, so ist es doch rein körperlich eine ungeheure Belastung.«

»Das denke ich mir auch.«

»Wenn ihr befreundet seid, hilf ihm doch ein bißchen. Das tut dir sicher auch gut.«

»Ja, ich weiß.«

Rumi fügte entschuldigend hinzu, sie sei keine professionelle Wahrsagerin. Ich müsse unbedingt ihre Mutter treffen, wenn sie zurückkomme.

»Sag mal, dein Freund ... Hast du nicht ein Foto von ihm?« Ich konnte meine Neugier nicht länger zurückhalten.

Verlegen und fast widerwillig nahm Rumi ein Foto aus ihrem Notizbuch.

Ein kalter, klarer Tag. Man sieht die beiden in einer belebten Einkaufsstraße, vor dem Hauptsitz der berühmten Porzellanmanufaktur »Royal Copenhagen«. Neben Rumi steht ein großer, etwas steif, aber sympathisch wirkender Mann. Beide sind in dicke Mäntel gehüllt. Sie haben die Arme eingehakt und lachen. Im Schaufenster hinter ihnen sind die typischen blauen Teller mit den Blumenmustern ausgestellt.

Der Gedanke, daß sich das Paar trotz der riesigen Distanz treu geblieben war und sich wohl nach langer Zeit wiedersah, berührte mich sehr.

Ich blickte aus dem Fenster. Graue Wolken hingen am Himmel. Der Winter war noch lange nicht vorüber. Außer uns hatte es sich eine Gruppe älterer Damen im Tropencafé gemütlich gemacht. Mit gedämpften Stimmen plauderten sie angeregt miteinander. Mir war, als werde die Zeit zurückgedreht. Langsam erwachte wieder die Erinnerung an jene Tage, als wir noch sehr jung waren und uns, in heller Vorfreude und zugleich ein wenig unsicher, schon fast wie Schwestern fühlten.

Beim Abschied sagte Rumi: »Handschuhe ... ganz kleine ... Sagt dir das was?«

»Handschuhe? Wie kommst du denn darauf?« fragte ich verwundert.

Obwohl ich keine Ahnung hatte, was sie damit meinte, huschte plötzlich, nur für einen Augenblick, ein Bild durch meinen Kopf: rotweiße Kinderhandschuhe.

»Ist mir nur so eingefallen. Vielleicht hellt das ihr Gemüt ein wenig auf«, sagte Rumi und winkte mir zu, bevor sie über die Brücke ging.

Langsam war es wohnlich geworden in meinem Lagerschuppen. Ich hatte mir einen kleinen Tisch gekauft und den Schuppen nach und nach so eingerichtet, wie ich es mochte. Mit einem halbleeren Koffer war ich eingezogen, doch da ich nicht ewig die gleichen Klamotten anziehen wollte, hatte ich mir ab und zu ein altes Kleidungsstück meiner Mutter geholt oder etwas in der Stadt gekauft. Jetzt war der Koffer prallvoll.

Eines Morgens wachte ich, wie so oft, mit steifen Gliedern auf. Ich fühlte mich wie gerädert. Komisch, dachte ich, Masutatsu Ōyama* hat doch gesagt, es sei gesund, auf hartem Boden zu schlafen. Das stähle den Körper ... Noch während mir Ōyamas Spruch im Kopf herumgeisterte, entschloß ich mich, für meine dünne Matratze endlich eine Unterlage zu besorgen. So vermehrten sich die Dinge und gaben mir das Gefühl, langsam im Alltag Fuß zu fassen.

Mit der großen Matte unter dem Arm machte ich mich auf den Heimweg. So schwer war die Matte nicht, dennoch mußte ich sie immer wieder abstellen. Der Nacken schmerzte, und unter meinen Kleidern drang mir der Schweiß aus den Poren – mitten im Winter. Zum Glück wehte vom Fluß her ein erfrischender Wind.

* Berühmter japanischer Karatemeister (1923–1994). Sein Spitzname war »God Hand« (A. d. Ü.)

Plötzlich hörte ich neben mir ein lautes Hupen. Zuerst dachte ich, es wäre die übliche Anmache, doch dann erkannte ich Mitsuru. Er saß in einem großen Geländewagen.

»Willst du mitfahren?« fragte er.

Ich ließ mich nicht zweimal bitten und stieg ein. Bestens gelaunt, machte er Musik an und sang fröhlich mit.

»Wie geht's deiner Mutter?« fragte ich.

»Sie steht leider fast gar nicht mehr auf. Neulich hat ein Arzt sie untersucht und festgestellt, daß ihr ganzer Körper von Pilzen befallen ist. Auch das gibt's ... obwohl ich das Zimmer regelmäßig lüfte und ihre Wäsche wechsle. Außerdem haben sich vom Liegen Wundstellen gebildet. Naja, fast jeden Tag kommt eine Tante vorbei, wäscht Mutter, wenn sie nicht baden will, oder hilft sonst irgendwie.«

»Aber aufsitzen, baden und so geht schon, oder?«

»Wenn sie will, ja. Aber dann merkt sie erst recht, wie schwach sie ist. Jede Bewegung eine Riesenanstrengung. Auch das Reden. In letzter Zeit spricht sie fast nichts mehr. Dämmert nur noch vor sich hin.«

»Oje.«

»Ich rede ihr zu, erzähle ihr dies und das, aber

meistens ist sie unerreichbar, wie in einer anderen Welt. Weggedriftet. Wer weiß, vielleicht lebt sie wirklich in einer anderen Welt. Wartet geduldig, daß ihre Wunde heilt. Wie ein verwundetes Tier in der Wüste. Hoffentlich bleibt das nicht ewig so. Denn wenn das Tier sich nicht erholt, verendet es einfach, still und leise.«

Ich fragte nach dem Fernsehen.

»Der Apparat läuft ununterbrochen. Wenn Sendeschluß ist, gehe ich in ihr Zimmer und stelle ihn ab. Aber du hast recht, das ständige Geflimmer macht einen völlig plemplem. Ich versuche mal, das Ding für ein paar Tage aus dem Zimmer zu schaffen. Unter dem Vorwand, es sei kaputt oder zur Unterhaltung der Gäste.«

Sein Gesicht hellte sich auf. Als hätte er neuen Mut gefaßt.

»Wenn du willst, kann ich gern einen Tag nach deiner Mutter schauen, damit du ... na, was denn ... Ah, jetzt hab ich's! Du solltest unbedingt mal wieder Skifahren gehen.«

»Nein, das kann ich nicht. Ich trau mich ja nicht mal, alte Freunde um diesen Gefallen zu bitten. Wenn die meine Mutter sähen ...«

»Wenn du mir nur deine Handynummer hinterläßt und für den Notfall auch die Nummer deiner Tante, klappt das schon. Um so besser, daß wir uns noch nicht lange kennen und ich nicht weiß, wie deine Mutter früher war.«

Eine Weile schwieg er. Dachte an die fernen schneebedeckten Berge. Ich spürte es. Seine Sehnsucht, sein Verlangen. Beim Aussteigen verhielt er sich wie ein Gentleman, nahm vorsichtig die Matte vom Rücksitz und trug sie zum Eingang meines Lagerschuppens. Mir kamen die frischen Sojasprossen in den Sinn, die er immer in die Nudelsuppe tat, die Pflanzen in der Wohnung – alles nur Kleinigkeiten, doch an solchen Dingen erkennt man die Kinderstube eines Menschen. Und auf einmal hatte ich das Gefühl, daß Mitsurus Mutter es schon schaffen würde, daß seine Eltern zwar vielleicht einfache, aber bewundernswerte Menschen waren.

»Danke, ich werde es mir überlegen. Aber weißt du, allein dadurch, daß du es mir angeboten hast, fühle ich mich fast schon, als wäre ich wirklich Skifahren gegangen«, sagte er lachend, stieg ins Auto und fuhr davon.

Da ich mein Versprechen halten wollte und sowieso nicht viel zu tun hatte, machte ich mich eines frühen Nachmittags auf den Weg zu Mitsurus Mutter. Natürlich hatte ich mich vorher vergewissert, daß er zu Hause war. Ich vergaß auch nicht, einen Cheesecake mitzubringen.

Mitsuru öffnete nicht wie sonst die Tür zu seinem Nudelimbiß, sondern empfing mich unten, beim Haupteingang.

»Vielleicht hat sie gar keine Lust, jemanden zu sehen«, meinte ich.

»Wird schon okay sein. Manchmal, wenn ein Kollege von mir da ist oder jemand aus der Verwandtschaft, hat sie auch nichts dagegen«, erwiderte er.

»Seit drei Tagen ist sie übrigens ohne Fernseher. Ich habe gesagt, er sei kaputt, und siehe da – es geht ihr besser. Jedenfalls ist sie nicht mehr so apathisch.«

Ich bewunderte Mitsuru, wie er mit seiner kranken Mutter umging. Normalerweise wünscht man sich doch, der Patient möge so schnell wie möglich wieder gesund werden, nicht zuletzt auch, um sich selbst zu entlasten. Er aber drängte seine Mutter nicht, sondern schien die Situation zu akzeptieren, wie sie war.

Ob ich das auch könnte? Notfalls vielleicht, wenn ich mich ganz auf die Bedürfnisse des Gegenübers einstellen würde. Aber dabei all meine eigenen Bedürfnisse zu opfern – das konnte ich mir nicht vorstellen. Wahrscheinlich würde ich mich über jedes Zeichen der Besserung freuen, ganz im Sinne der üblichen Erwartung, daß ein Mensch normal zu funktionieren habe. Würde mich freuen, wenn sie gut essen und sich ihre Lebensgeister wieder regen würden, und wäre enttäuscht, wenn es nicht so wäre. Selbst wenn ich wüßte, daß es keinen Sinn hat – ich würde trotzdem immer nur an die Zukunft denken.

Mir fehlte einfach die innere Kraft, um etwas so durchzuziehen, wie ich es mir vorgenommen hatte. Nicht Trübsal blasen, sondern gelassen und geduldig sein – das war es. Ein wahrer Freund zeigt einem den Weg durch sein Tun, nicht durch Worte.

Als ich beim Eingang seine Skiausrüstung so unbenutzt herumstehen sah, fühlte ich einen kleinen Stich in meiner Brust.

»Kannst du eigentlich Schlittschuhlaufen?« fragte ich auf einmal unwillkürlich.

»O ja! Als Kind wollte ich sogar Eisschnelläufer werden. Aber hier hab ich die Berge vor der Nase, und seit ich Skilehrer bin, bin ich kaum mehr gelaufen. Warum fragst du?«

»Ach, nur so.«

»Du bekommst Besuch«, sagte Mitsuru und schob die Tür zum Zimmer seiner Mutter auf.

Es war dunkel und roch muffig nach den Ausdünstungen einer bettlägerigen, schwermütigen Person. Die Mutter schlief. Sie wirkte ganz klein in ihrem Futon. Als Mitsuru die Vorhänge aufzog und das Fenster öffnete, zuckten ihre Augenlider, öffneten sich einen kleinen Spalt. Mit langen Fingernägeln, abgemagert und gebrechlich lag sie da – wie ein Skelett. Der Pyjama war voller Flecken, der Knopf über der Brust offen.

Jetzt, da es hell war im Zimmer, schweifte mein Blick über den Hausaltar mit dem Foto von Mitsurus Vater. Sie glichen einander sehr.

»Eine Freundin von mir, Hotaru. Sie ist die Tochter von diesem skurrilen Professor und die Enkelin der Frau vom Cheesecake-Laden. Sie hat sogar welchen mitgebracht. Möchtest du?«

Mitsurus Mutter lächelte schwach. »Später.« Dann schaute sie mich an und sagte: »Wissen Sie, ich brauche für alles sehr viel Zeit. So bin ich halt. Aber solange ich mir die Zeit nehmen kann, ist alles in Ordnung.«

Das klang weder nach einer Anstandsfloskel noch sonst irgendwie unaufrichtig, und so nickte ich nur. Jedes Wort wäre zu viel gewesen.

»Wenn du so weiterredest, verrostest du noch ganz«, sagte Mitsuru und ging in die Küche, um Tee zu holen.

»Ich hoffe, ich störe nicht... Meine Großmutter läßt Sie herzlich grüßen«, sagte ich.

»Ich sollte jetzt nicht aufstehen, sonst wird es vielleicht noch schlimmer. Mitsuru macht sich furchtbar viel Sorgen und kümmert sich Tag und Nacht um mich, aber es ist nicht so schlimm, ehrlich. Ich passe schon auf«, sagte sie mit heiserer Stimme. Das Reden schien ihr viel Mühe zu bereiten.

»Bitte, lassen Sie sich nur Zeit. Wenn ich Ihnen helfen kann, tu ich das gern«, antwortete ich. Mir fiel nichts anderes ein. Im Gegensatz zu mir versuchte sie nicht zu verdrängen, was sie beschäftigte, sondern gab sich ihm hin, bis an die Grenze des Erträglichen. Selbst wenn ihre Nägel wuchsen und wuchsen, ihre Haut grau und schlaff wurde und das Haar in fettigen Strähnen an ihrem Kopf klebte – Mitsurus Mutter gab sich nicht auf.

Tränen rollten über ihre Wangen. Ich nahm ihre knochige Hand und drückte sie sacht. Sie fühlte sich kalt an.

»Er war es, der mich heiraten wollte. Er war wirklich ein wundervoller, liebenswürdiger Mann. Wir hatten es so gut zusammen, und dann das Kind ... Jeder Tag wie ein Traum.« Sie schloß die Augen. Bald darauf begann sie leise zu schnarchen.

»Ach, sie schläft? Dann trinken wir doch den Tee da drüben«, sagte Mitsuru, als er zurückkam.

Ich wischte mir eine Träne aus dem Augenwinkel und stand auf. Mitsuru stellte eine Tasse Tee neben den Futon seiner Mutter, dann schloß er die

Schiebetür. So lautlos und sanft, als würde er mit der Hand eine Vogelfeder auffangen.

»Das wär's wohl für heute«, sagte Mitsuru und lachte.

Ich nippte an meinem Tee.

»Deine Mutter scheint jedenfalls genau zu wissen, was mit ihr los ist.«

»Klar, deshalb hat es keinen Sinn, sie zu drängen«, sagte er und fügte hinzu, daß ihm zwar ein ganzer Winter verlorengehe, nicht aber die Berge.

»Mitsuru, hast du keine Freundin?« fragte ich.

»Hatte ich schon. Naja, als das Unglück geschah, wollte sie plötzlich nichts mehr von mir wissen. Obwohl wir schon fünf Jahre zusammen waren und ich sogar ans Heiraten dachte.«

»Im Moment ist es vielleicht schwierig, einen Platz neben deiner Mutter zu finden.«

»Genau das hat sie auch gesagt.«

Mitsuru lachte. Ich lachte auch.

Die Menschen in diesem Haus, ich eingeschlossen, fühlten sich alle irgendwie müde. Doch diese Müdigkeit erzeugte eine angenehme, fast behagliche Stimmung. Als hätten wir uns wie Bären im warmen Nest zusammengerollt, um den Winter zu überstehen. Auf sonderbare Weise paßte in diesem Haus alles zusammen: das zu einem Nudelimbiß umfunktionierte Zimmer im ersten Stock ebenso wie die vergeblich auf ihren Einsatz wartende Skiausrüstung, die seit Ewigkeiten zum Trocknen aufgehängte Wäsche und die schmuddeligen Tassen mit den Teerändern.

Sie könne nicht anders, hatte Mitsurus Mutter gesagt, und so war es wirklich. Ich spürte es. Sie flüchtete nicht, sondern grübelte und grübelte, kämpfte sich grübelnd durch.

»Ich bin sicher, eines Tages wird sie sich aufraffen und wieder ein normales Leben führen«, sagte ich.

»Um ihren seelischen Zustand mache ich mir weniger Sorgen«, sagte Mitsuru, »aber um den körperlichen ... Mutter war schon immer eine willensstarke Frau und psychisch extrem belastbar. Doch leider vergißt sie, daß ihr Körper nicht mithält. Für jemanden wie mich, der fit sein muß, um seinen Lebensunterhalt zu verdienen, ist das offensichtlich. Körper und Seele reagieren sehr sensibel aufeinander. Auch wenn man psychisch angeschlagen ist – solange der Körper in Bewegung ist, kommt man irgendwie durch. Zumindest ein Minimum an Lebenskraft bleibt garantiert bestehen. Was aber, wenn der Körper nicht mehr gefordert ist? Das ist im Moment meine einzige Sorge. Leute, die glauben, ein starker Wille stärke automatisch auch den Körper, täuschen sich. Erst wenn sie merken, daß sie zu weit gegangen sind, wachen sie auf. Erst dann werden sie sich bewußt, daß sie ihr Leben ändern müssen. So sind die Menschen.«

»Vielleicht wollte sie ja gerade *keine* Garantie mehr haben.«

»Meinst du, wie diese Mönche, die nichts mehr essen, nur noch meditieren und sich irgendwann in Buddhas verwandeln? Hmm … Hoffentlich übertreibt sie es nicht. Stell dir vor, sie stirbt … Nur so aus Versehen, weil sie nicht gemerkt hat, wie kritisch es um sie steht. Eigentlich bin ich ja optimistisch und denke, daß es schon wieder gut wird. Aber in Momenten wie jetzt, wo ich mir die schrecklichsten Dinge ausmale, wird mir ganz schön mulmig.«

»Eines Tages wird sie aufstehen und ein neuer Mensch sein. Im jetzigen Zustand ist sie wie eine Puppe in ihrem Kokon. Von außen sieht man nichts, aber ich bin sicher, innen tut sich etwas.«

Mitsuru nickte, und mit einem Ausdruck, als hätte ich ihn an etwas Unangenehmes erinnert, begann er zu erzählen.

»An jenem Morgen hatte sie sich schon fertig gemacht und wollte mit meinem Vater das Haus verlassen, als sie plötzlich über Kopfschmerzen klagte. Sie sagte, es wäre besser, wenn sie zu Hause blieben. Sie bat ihn mehrmals darum, aber umsonst. Da ein guter Freund von ihm mitfahren würde, wollte er sich den Spaß nicht verderben lassen. Er sagte, er könne ja allein gehen, worauf meine Mutter heftig zu weinen anfing. Wie ein Kind im Supermarkt, das unbedingt etwas haben will. Sie nahm Vaters Hand, sank zu Boden, flehte ihn an, sie ins Krankenhaus zu bringen, in ihrem Kopf hämmere es wie wild, sie sterbe! Die Szene war so verrückt, daß ich sie nicht mehr vergessen kann. Aber was danach passiert ist, war ja noch viel verrückter. Wenn ich's mir jetzt so überlege, kommt es mir vor, als wäre meine Familie schon an jenem Morgen im Bann des Bösen gewesen, als hätte sie von Anfang an keine Chance gehabt, ihm zu entkommen. Wahrscheinlich war die ganze Stadt von dieser unheilbringenden Kraft verhext, und die Menschen ließen sich, obwohl sie vielleicht etwas ahnten, wehrlos ins Verderben lokken. Auch mein Vater war in den Klauen dieser unheilbringenden Kraft, denke ich. Sonst wäre er nie so bockig gewesen. In einem väterlichen Ton sagte er zu Mutter, Mitsuru werde sie schon ins Krankenhaus fahren, und verließ das Haus.«

»Das muß schrecklich für sie gewesen sein.«

»Sie wäre sicher gern mitgegangen.«

»Aber dann wärst du jetzt allein …«

Mitsuru schaute mich überrascht an.

»Stimmt. Da hab ich ja Glück gehabt«, sagte er.

Im Innersten habe er sich aber manchmal gefragt, ob es nicht besser gewesen wäre, wenn Mutter auch hätte mitfahren können.

Die Art und Weise, wie man in dieser Familie die Dinge betrachtete, beeindruckte mich.

»Bei uns scheint man eine besondere Beziehung zu Bussen zu haben. Meine Großmutter war ja die ganze Zeit auf dem Busbahnhof, und ich denke, sie hat durch ihre Taten die Stadt vor manchem Unheil bewahrt. Da habe ich mir natürlich meine Gedanken gemacht: Gab es nicht vielleicht etwas schicksalhaft mit uns Verbundenes, das uns schlechtgesinnt war und eine Gelegenheit suchte, sich an uns zu rächen? Klingt vielleicht komisch, aber das kann ich mir durchaus vorstellen.«

Ich verstand nicht genau, worauf Mitsuru hinauswollte, und sagte, ohne viel zu überlegen: »Gewiß gibt es schicksalhafte Beziehungen. Und an die Existenz dunkler, zerstörerischer Kräfte glaube ich auch. Aber in eurer Familie sind nicht alle umgekommen. Deine Mutter lebt, und es geht ihr sogar besser, als ich gedacht hatte. Vielleicht dauert es noch ein bißchen, aber sie wird sicher wieder gesund.«

»Als sie die ganze Zeit nur noch apathisch in den Fernseher gestarrt hat, wußte ich wirklich nicht mehr, was tun«, meinte Mitsuru.

»Ich habe das auch erlebt. Es ist wie eine Sucht. Wenn man am Morgen aufwacht und gleich die Glotze anmacht, ist im Nu der ganze Tag futsch«, antwortete ich.

Das war nach der Trennung. Obwohl ich mit niemandem gesprochen hatte, wimmelte es am Ende des Tages in meinem Kopf von Menschen und Stimmen, und obwohl ich mich nicht vom Fleck gerührt hatte, war ich todmüde. Aber Stille wäre unerträglich gewesen, und Musik hätte zu viele Erinnerungen geweckt. Je idiotischer das Programm, desto besser. Ich wollte nichts denken. Mein Körper war eine Röhre, durch die das, was aus dem Bildschirm quoll, widerstandslos hindurchfloß. Ich fühlte mich erbärmlich – aber es war immer noch besser, als sich im dunklen Zimmer hinzulegen und Löcher in die Luft zu starren.

Mitsuru, der nicht ahnen konnte, wie sich vor meinen Augen plötzlich alles rabenschwarz färbte, fragte mich: »Hast du Lust auf Nudelsuppe?«

Aber ich mußte wieder ins Café, und so verabschiedete ich mich.

Draußen glitzerte der Fluß in seiner unschuldigen Pracht, und der Wind strich zärtlich über die Gräser. Auch die Gesichter der Leute, die am Ufer entlangspazierten, etwas aßen oder sich sonnten, schienen zu leuchten. Die Welt lebte wieder. Bevor es dunkel wurde, bot die Sonne noch einmal ihre ganze Kraft auf, verwöhnte mit ihren warmen Strahlen die Menschen, die, im Vertrauen auf diesen unerschöpflichen Segen, ihr Tagewerk verrichteten. Seit Urzeiten, als sich an den Ufern des gewaltigen Flußes die ersten Menschen ansiedelten, hatte sich nichts daran geändert. Die Sonne tauchte im Osten auf und zog mit ihrem goldenen Pferdegespann quer über das Himmelsgewölbe gen Westen. Daraus schöpften die Menschen seit Jahrhunderten, Jahrtausenden ihre Lebenskraft. Doch im Strom des Lebens rieb sich alles und jedes aneinander, Wogen türmten sich auf, schäumend, fauchend, verschlingend. Für Mitsurus Mutter war dieser Strom im Augenblick wohl zu mächtig und zu wild.

»Ich weiß jetzt übrigens, wo ich den Mann gesehen habe«, sagte Großmutter plötzlich.

An unserem freien Tag waren wir mit dem Auto zu einem nahegelegenen Onsen gefahren. Noch erhitzt vom Bad, saßen wir im Flur neben dem Getränkeautomat, tranken kalten Grüntee und schauten in die nebelverhangenen Berge hinaus.

»Du meinst Mitsuru?«

»Ja, es ist mir wieder in den Sinn gekommen. Als du klein warst, hattest du eine Lungenentzündung und wärst fast gestorben. Erinnerst du dich?«

»Man hat mir das schon erzählt, aber ich kann mich kaum erinnern. Ich war ja noch nicht mal fünf.«

»Wegen akuter Atembeschwerden mußte man dich notfallmäßig ins Krankenhaus einliefern. Deine Mutter begleitete dich im Krankenwagen, dein Vater und ich kamen später nach.«

»Ach, so war das ...«

Heftige Sehnsucht nach meiner Mutter überkam mich. Ich sah sie vor mir, als wäre es gestern gewesen.

»Damals hatte ich zum ersten Mal in meinem Leben so etwas wie eine Halluzination«, sagte Großmutter.

Obwohl sie meinen Vater in jungen Jahren geboren hatte, waren ihre Augenlider bereits schlaff und ihre Hände von Altersflecken übersät. Ich fühlte mich weniger wie Tarō Urashima*, den in der Fer-

* Tarō Urashima ist der Held einer japanischen Legende, die im 8. Jahrhundert erstmals auftaucht und heute in zahlreichen Versionen überliefert ist. Einer bekannten Version zufolge sieht der Fischer Urashima eines Tages, wie Kinder eine Schildkröte quälen. Er befreit sie aus der Not, worauf sie ihn als Dank zum Meerdrachenschloß führen will. Dort angekommen, wird Urashima von der Prinzessin freundlich aufgenommen. Aber es dauert nicht lange, bis Urashima Heimweh verspürt und wieder nach Hause möchte. Die Prinzessin versucht ihn davon abzubringen – ohne Erfolg. Zum Abschied überreicht sie ihm ein Kästchen mit den Worten, daß er es niemals öffnen dürfe. Als Urashima nach Hause kommt, findet er weit und breit keinen Menschen, den er kennt. Alles ist ihm fremd. Verwirrt öffnet er das Kästchen. Rauch quillt heraus, hüllt ihn ein und verwandelt ihn in einen Greis. Während der wenigen Tage im Drachenschloß waren auf der Erde 700 Jahre vergangen. (A. d. Ü.)

ne das Heimweh plagte, sondern wie jemand, der in der Ferne fast seine Heimat vergessen hätte. Ich bereute es keineswegs, fortgegangen zu sein, aber es war schön, so neben jemandem zu sitzen, den man mochte, und zusammen die Aussicht zu genießen. Das hatte ich lange nicht mehr erlebt.

Die Liebe war etwas Wunderbares. Doch wieder wurde mir bewußt, daß alles in dieser Welt noch durch etwas viel, viel Größeres verbunden war.

»Als wir zur großen Brücke kamen, war der Damm neben der Zufahrt hell erleuchtet, wie ein Baseballstadion. Ich schaute genauer hin und sah, daß am Ufer etwas los war, daß sich dort Leute versammelt hatten. Betagte, Kinder, Frauen mit Babys – Menschen verschiedenen Alters.«

»Waren das nicht gewöhnliche Spaziergänger?« fragte ich. Schließlich war das selbst mitten im Winter nichts Ungewöhnliches. Wenn man in dieser Stadt eine kleine Abwechslung brauchte, ging man zum Fluß. Die Leute liebten es, sich auf dem Damm zu vergnügen.

»Denk jetzt bloß nicht, deine Oma wäre nicht ganz klar im Kopf gewesen. Ich weiß nicht, warum, aber ich habe dort wirklich etwas Seltsames gesehen – eine Eisbahn!« erwiderte Großmutter mit einer Miene, als könne sie es selbst nicht glauben.

»Da war aber keine Eisbahn. Bestimmt nicht.«

»Eben deshalb dachte ich mir, du träumst. Aber wie auch immer – da war das gleißende Licht und mittendrin die lächelnden, freudestrahlenden Gesichter. Die sahen richtig glücklich aus, Alte und Junge, Frauen und Männer. Einige von ihnen liefen Schlittschuh, andere nicht. Ihr Lächeln wirkte ganz natürlich, und alle schienen sie etwas zu sehen, zeigten mit dem Finger auf die andere Seite des Flusses ... Einen Augenblick lang vergaß ich sogar, warum ich im Auto saß, und lächelte selbst. Sie plauderten, wiegten ihre kleinen Kinder, hockten sich nieder, standen wieder auf. Alles geschah friedlich und ohne Hast. Ein bezaubernder Anblick. Und das Eis – es schimmerte wie ein Meer von Perlen.«

»Aber ... Was hatte das mit meiner Krankheit zu tun?«

»Stell dir vor, unter den Leuten warst auch du. Obwohl du doch im Krankenhaus sein solltest«, sagte Großmutter.

»Ich? Hmm ... Dann war das vielleicht das Paradies? Das heißt, ich bin schon einmal gestorben?!«

»Das weiß ich nicht. Jedenfalls sahst du so fröhlich aus, daß ich meine Sorgen um dich vollkommen vergaß. Du hast dich bewegt, als würdest du tanzen, und dich manchmal am Mantelsaum einer

Frau gehalten. Deine Augen leuchteten. Neben dir war ein Junge mit einer roten Daunenjacke. Daran erinnere ich mich noch ganz genau. Hand in Hand seid ihr über das Eis geglitten. Wie im siebten Himmel, strahlend vor Glück.«

Natürlich wußte ich gleich, wer es war.

»Wie schön, dachte ich und fühlte mich seltsam entrückt, wie in einer anderen Welt, aber nur für einen kurzen Moment. Als ich deinen Vater fragte, was da gewesen sei, war alles schon vorbei. Plötzlich durchzuckte es mich wie ein Blitz: Um Himmels willen, ist sie vielleicht gestorben? Dann war das, was ich soeben gesehen hatte, das Paradies? Du sahst so glücklich aus! Wie damals als kleines Baby, als du das erste Mal gelacht hast. Die Wangen rot wie Äpfel, und die leuchtenden Augen ... Ach, wenn meine Enkelin immer so fröhlich, immer so glücklich sein könnte, dachte ich, und da kamen mir vor Rührung die Tränen.«

»Das war doch sicher der kleine Mitsuru, oder?«

»Ja.« Großmutter nickte. »Sie gleichen sich aufs Haar.«

»Das wird ja immer mysteriöser«, sagte ich.

Jedenfalls lag ich – so erzählte Großmutter – fast drei Tage im Koma. Als ich wieder aufwachte, hätten sie alle geweint. Ich selbst erinnere mich nur noch daran, daß mir furchtbar heiß war und ich mich hundeelend fühlte. Ob ich etwas geträumt hatte, wußte ich natürlich nicht mehr.

»Frag ihn doch, ob er einmal lebensgefährlich verletzt war. Wenn ja, dann war es keine Täuschung!« Großmutter schaute mich vergnügt an.

Kein Wunder, dachte ich, daß Papa so geworden ist.

Die Vorstellung vom Schlittschuhlaufen war mir überhaupt nicht fremd. Neulich, bei Mitsuru, war ich ja selbst darauf gekommen. Zufällig. Wer weiß, vielleicht gab es einen Zusammenhang? Jetzt, wo ich endlich einen Anhaltspunkt hatte, spürte ich, wie sich dieses Etwas, das sich mir immer entzogen hatte, langsam mit diesem und jenem verknüpfte. Irgendwann, hoffte ich, würde sich alles zu einem Ganzen fügen.

Vom Bad durch und durch erwärmt, schauten wir noch immer zum Fenster hinaus, in die Berglandschaft mit den lautlos sich kreuzenden, vorübergleitenden Autos. Ich fühlte mich entspannt wie schon lange nicht mehr. Da sich der Hunger bemerkbar machte, beschlossen wir, eine deftige Nudelsuppe essen zu gehen, und standen auf.

Das Wort »Glück« konnte nicht fassen, was dieser friedliche, geruhsame Moment mir bedeutete. Es war, als weitete sich der Horizont ins Unendliche, als spürte ich endlich wieder Leben in mir.

So vergaß ich mit der Zeit. Vergaß den Trennungsschmerz, die Grabesstimmung in meiner Kammer, die nächtelangen Weinkrämpfe.

Besonders körperlich machte sich die Veränderung bemerkbar. Zwar brachen die Erinnerungen hin und wieder wie eine Naturgewalt über mich herein und zogen mir den Boden unter den Füßen weg, doch solche Anfälle wurden immer seltener. Das bedrückende, dumpfe Gefühl, das mich stets begleitet hatte, löste sich von meinem Körper. Auch mein Gesicht veränderte sich. Kein verträumtes Schlafwandlergesicht mehr, sondern eines mit wachen Augen.

Wie unerbittlich war die Macht der Zeit! Selbst wenn ich hätte zurückkehren wollen – es gab kein Zurück. Als würde ich von der Strömung des Flusses einfach mitgerissen.

Eines Abends war ich bei Rumi. Sie hatte mich eingeladen, bei ihr zu übernachten. Ich hatte bereits geduscht und den Pyjama angezogen. Gemütlich saßen wir im Wohnzimmer und plauderten. Wenn Rumi gelegentlich das Fenster öffnete, strömte zusammen mit der kühlen Luft ein zarter, frühlingshafter Geruch herein.

»Übrigens, vor ein paar Wochen hat ein Junge bei uns ein Taubenküken aufgelesen. Er hat den Käfig mit dem Küken bei der Eingangspforte aufgestellt und sich aufopferungsvoll um das kleine Wesen gekümmert. Wirklich aufopferungsvoll. Anstatt mit den anderen Kindern zu spielen, hat er die ganze Zeit das Küken umsorgt und es sogar zum Tierarzt gebracht. Der Junge liebte seine Taube über alles. Nicht nur die Taube, alle Vögel. Aber stell dir vor: Neulich hat ein Landstreicher die Taube gegessen.«

»Gegessen?«

»Kein Scherz. Einer vom Fluß hat die Taube gestohlen. Hat sie gebraten und gegessen. Einfach so.«

»Tja, jeder sieht die Welt mit seinen Augen. Für den Jungen ist die Taube ein Objekt grenzenloser Liebe, der Landstreicher hingegen sieht darin nur ein Stück Fleisch.«

»Man möchte lachen, und trotzdem tut es weh.«

»Wehtun ginge ja noch – es bricht einem das Herz!«

»Schon, aber weil der Junge und der Landstreicher in so verschiedenen Welten leben, kann man vielleicht nicht mal sagen, wer recht hat. Man kann sich auf die eine oder andere Seite schlagen, doch die schmerzlichen Erfahrungen, die wir alle mehr oder weniger machen, kann man nicht ignorieren. Man muß die Gefühle ernstnehmen, diejenigen des Landstreichers wie die des Kindes. Wir können noch so lange über Gut und Böse philosophieren –

was letzlich zählt, sind unsere Erlebnisse und Empfindungen im Alltag, mögen sie noch so klein oder unbedeutend erscheinen.

»Und was hast du zu ihm gesagt?«

»Der Mann sieht die Welt anders als du, aber deshalb darfst du dich nicht unterkriegen lassen. Wenn dir jemand etwas kaputtmacht, mußt du halt wieder von vorne anfangen. Immer und immer wieder. Nicht aufgeben. – Ich wollte dem Jungen nichts vormachen.«

»Verdammt schwierige Situation. Ich glaube, ich würde es nie schaffen, so offen zu sein.«

»Aber ehrlich gesagt, frage ich mich: Was wäre, wenn alle Menschen Tauben liebten? Wäre ich in so einer Welt glücklich? Mit anderen Vorstellungen konfrontiert zu werden, ist nicht immer einfach, aber eine Bereicherung. Es erweitert den Horizont.«

Ich nickte. Es war nichts Weltbewegendes, worüber wir hier, in diesem warmen Zimmer dieser kleinen Stadt, plauderten. Doch tastend und suchend verwoben sich unsere Worte zu etwas Neuem, vielleicht war es so etwas wie die Geburt eines kleinen Sterns. Es war ein sonderbares Gefühl. Ich hatte geglaubt, das kindliche Gefühl von Frühling und Aufbruch längst verloren zu haben, und jetzt fühlte ich mich, als wäre es wieder zurückgekehrt.

Während meiner Jugendzeit hatte ich mich für wenig mehr als für Essen und Sex interessiert. Dann kam er. Natürlich war ich von seinen Fotografien hingerissen. Sie entführten mich in eine wunderbare, neue Welt. Und trotzdem: Letztlich war es die Welt eines Fremden, die sich mir aus einem fremden Fenster zeigte.

Rumi breitete ihren Futon aus, während ich es mir auf dem Sofa bequem machte. Nach dem Lichtlöschen plauderten wir weiter.

»Wenn ich ein Geschwister hätte, müßte ich mich nicht mit Geistern und Kappa abgeben, dachte ich damals und hoffte, es würde klappen. Aber was ist passiert? Die beiden haben sich getrennt.«

Berührt von Rumis Worten, sagte ich: »Und ich dachte, ich wäre eher ein Hindernis. Es sah aus, als hättet ihr euer eigenes Leben und wolltet möglichst ungestört bleiben.«

»O nein, ganz im Gegenteil!« antwortete Rumi. »Wenn du wüßtest, wie ich geweint habe … Mein Traum war zerplatzt. Aber ich mußte mich damit abfinden. So bin ich weiter allein zum Fluß oder auf den Friedhof gegangen.«

»Jetzt bist du aber nicht mehr allein«, sagte ich. »Geschwister oder nicht – das spielt doch keine Rolle.«

Sogar im Dunkeln spürte ich, daß Rumi lächelte.

»Hotaru, was hältst du davon, wenn du wieder ganz hier wohnen würdest?«

»Ist das eine – Prophezeiung?«

»Nein, nur eine Bitte.« Nach einer kleinen Pause fuhr Rumi fort: »Hier ist alles, was du brauchst. Was dir Halt und Kraft gibt.«

»Du meinst doch nicht etwa Mitsuru?«

»Weiß ich nicht. Ich denke auch an den Fluß.«

»Ach, der Fluß ...«

Ich erzählte Rumi, was mir durch den Kopf ging.

»Seit ich zurück bin, fühle ich mich wie benommen. Das Rauschen des Flusses lullt uns ein, verschluckt alles, zieht alles mit sich fort – auch Dinge, über die es sich lohnen würde nachzudenken. Sein Gleißen und Glitzern bezaubert mich, aber es macht mir auch angst. Es ist, als wäre alles nur ein einziger langer Traum.«

»Das verstehe ich, aber ... Tokyo ist ja auch ein Traum, eine eigene Traumwelt, die alles in ihren Bann zieht«, antwortete Rumi. »So ist es überall auf der Welt. Alle denken, sie wären draußen, aber in Wahrheit sind sie drinnen. Dem Traum seiner Heimat kann man nicht entrinnen. Wenn man Tag für Tag am gleichen Ort lebt, merkt man das irgendwann. Man merkt zum Beispiel, welche Kraft der Fluß hier besitzt und daß diese Kraft immer größer wird, je länger man hier lebt.«

Obwohl mir war, als hörte ich Rumis gedämpfte Stimme wie im Traum, blieben mir ihre Worte komischerweise ganz genau in Erinnerung.

»Empfindest du das auch so?« fragte ich.

Ihr Haar schimmerte im fahlen Licht, das von draußen hereindrang.

»Natürlich. Weil ich immer allein war. Ich wollte raus aus diesem Traum, den die ganze Stadt träumt, den alle Menschen hier träumen. Ich kämpfte und kämpfte – und merkte plötzlich, daß ich ja schon draußen war.«

Was das bedeutet, hängt von jedem einzelnen ab, dachte ich. Auch ich versuchte, mein Inneres zu ergründen. Vielleicht würde es mir gelingen, die Tür meiner Traumwelt zu öffnen und mich einen Schritt hinauszuwagen. Vielleicht war es auch nur der erste Schritt in eine andere Traumwelt. Ein lebenslanger, vergeblicher Kampf.

Sicher wußte ich nur, daß hier, neben mir, ein Mensch war, mit dem ich mich tief verbunden fühlte, der meine Gedanken und Gefühle verstand. Und daß alles, was ich verloren hatte, langsam wieder den Weg zu mir finden würde.

Gewiß, für den »Frühling des Lebens« war es in meinem Alter vielleicht schon zu spät, und trotzdem fühlte ich mich an diesem Abend genau so. Fühlte mich wieder von etwas Weichem, Warmem umhüllt und fiel darauf in einen sanften Schlaf. Ein Schlaf, der langsam neue Zellen entstehen ließ, eine um die andere, und meine schmerzende, tiefe Wunde heilte. Körper und Seele fanden zusammen, bildeten einen Einklang, so daß meine trübseligen Gedanken verflogen und mir meine Vergangenheit auf einmal im schönsten Licht erschien. Ich hoffte, auch Mitsurus Mutter würde diese heilende Kraft in sich spüren.

In der Nacht hatte ich einen Traum.

Ich will bei Mitsuru eine Nudelsuppe essen, aber er ist nicht da. Dafür ein mir unbekannter, sympathischer Mann. Ach so, das ist Mitsurus Vater, denke ich. Der Mann scheint nach etwas zu suchen. Ich frage ihn, ob ich helfen kann. Draußen vor dem Fenster sehe ich, anders als sonst, einen dunklen, undurchdringlichen Wald. Die Spitzen der Zedern ragen in den Himmel, verdecken ihn fast ganz, doch hier und da kann man zwischen den Wipfeln die Sterne sehen, wie sie flackern und flimmern.

Meine Güte, bin ich blöd, sagt der Mann. Jetzt weiß ich nicht mehr, unter welchem Baum ich es vergraben habe. Etwas ganz, ganz Wichtiges für meine Frau.

Warum suchen Sie dann hier im Haus? frage ich.

Darauf lacht der Mann und sagt: Zuerst muß ich doch die Karte finden, auf der der Ort eingezeichnet ist. Aber da wir uns hier getroffen haben, sind Sie vielleicht die Karte, die ich suche.

Ich bin aber ein Mensch, antworte ich.

Der Mann erwidert nichts, lächelt nur.

Plötzlich, wer weiß, warum, sage ich: Ich suche auch etwas und habe keine Ahnung mehr, wo ich es hingelegt habe.

Ein angenehmer, kühler Wind weht zum weit offenen Fenster herein.

Da sagt der Mann: Vielleicht in der Kommode, in der früher Ihre Sachen drin waren?

Zu dumm. Genau in dem Moment wachte ich auf, und noch während ich Rumis Schnarchen lauschte, versonnen ihre Hühneraugen betrachtete und ihre erstaunlich kräftigen Oberarme, vergaß ich völlig, was ich soeben geträumt hatte.

Die rote Laterne vor Mitsurus Nudelimbiß war verschwunden. Als ich nach dem Grund fragte, meinte Mitsuru, der Besitzer einer Nudelkneipe in der Nähe habe sich beschwert: Er solle gefälligst aufhören, ihm mit Niedrigpreisen Kunden wegzuschnappen. Seitdem hängte er die Laterne nicht mehr auf. Jetzt klingelten die Gäste einfach, wenn sie sahen, daß Licht in der Wohnung brannte.

»Ein Geheimklub, sozusagen.«

»Eine Mitternachtsnudelparty für Freunde ...«

So scherzten wir, während ich wie immer an der Theke meine Suppe aß.

Wenn ich Pech hatte und kein Licht brannte, ging ich, ohne zu klingeln, wieder nach Hause.

Ich wußte sehr wohl, wieviel mir diese Treffen bedeuteten. Wenn wir, zwei Alleinstehende, uns irgendwo in der Stadt verabreden würden, sähe das gleich nach einem bedeutungsvollen Rendezvous aus und würde für reichlich Geschwätz sorgen. Mir fehlte jedoch die Energie, um mich mit wilden Gerüchten und Spekulationen herumzuschlagen. Was ich mir wünschte, war einzig und allein, daß die Zeit mit ihm weiterhin so unbeschwert sein möge wie bisher.

Eines Nachmittags sah ich Mitsuru zufällig beim Einkaufen im Supermarkt. Bevor ich ihn ansprach, beobachtete ich eine Weile, wie er mit ernstem Blick und ausladenden Schritten seine Runde machte, zuerst einen Berg Instantnudeln in den Einkaufswagen türmte, dann sorgfältig den Kohl, die Sojasprossen und die Pilze auswählte.

Seine Bewegungen hatten etwas Beruhigendes.

Er übereilte nichts, aber auch gar nichts.

Plötzlich schien es mir, als hätte er irgend etwas

im Sinn, auf das er langsam, aber beharrlich zuging, und als würde er nur den Suppenkoch spielen, um die Zwischenzeit einigermaßen sinnvoll auszufüllen.

Doch nein, sein Nudelimbiß war das, was er war. Nicht mehr und nicht weniger. Mitsuru wartete nicht darauf, daß seine Mutter gesund würde. Er war kein bemitleidenswerter Mensch, der viel lieber auf seinen Skiern gestanden hätte, aber an sein Haus gefesselt war und sich die Langeweile mit Nudelsuppen vertrieb. Er war einfach er selbst, egal, wo er war und wie die Umstände sein mochten.

Warum mir ausgerechnet hier, in der frostig kalten Luft, diese Gedanken durch den Kopf gingen, wußte ich nicht. Ich stand da im halbausgestorbenen Supermarkt, schaute auf die bunten, fein säuberlich aufgereihten Lebensmittel vor mir und überlegte. Überlegte, was das alles mit mir zu tun hatte.

Und auf einmal begriff ich.

Ich war kein armes Mädchen, das in Tokyo die Liebe seines Lebens verloren hatte, dem nichts anderes übrigblieb, als zurückzukehren und hier auszuharren. Ich hatte Zeit für mich und war gern hier. Und ich wußte: Was auch immer mich in Zukunft erwartete – es würde gut sein.

Ich spürte, wie wieder eine Fessel von mir abfiel. Von der Schwerkraft befreit, fand ich mich plötzlich an einem herrlichen Ort in der Höhe und blickte auf die weite Welt unter mir.

»Jetzt geht es dir eindeutig besser. Vielleicht könntest du etwas schreiben, ein Buch oder so«, murmelte ich, während ich mir eine Instantnudelsuppe aussuchte.

In diesem Moment sah mich Mitsuru.

»Wenn du die selber kaufst, kann ich meinen Laden zumachen«, sagte er.

»Manchmal hab ich halt Lust auf eine andere Sorte.«

»Fremdgehen ist aber nicht erlaubt.«

»Hör mal, seit meiner Kindheit, seit dem Tod meiner Mutter habe ich nichts als Nudelsuppe gegessen. Mittag für Mittag. Vater hat nie was anderes gekocht.«

»Und was hat er reingetan?«

»Butter und Spinat. Immer das gleiche.«

Auch jetzt noch mußte ich unwillkürlich an die Zeit nach Mutters Tod denken, sobald mir nur der Geruch von Nudelsuppe in die Nase stieg. Ich fühlte die Leere in der Wohnung, sah Vater vor mir, wie er in der Küche zu gange war, hörte das Scheppern der Töpfe, das Spritzen des Leitungswassers. Viel energischer als Mutter füllte er den

Topf mit Wasser, den Spinat warf er in die Suppe, ohne ihn erst zu blanchieren, und natürlich schöpfte er auch den Schaum nicht ab. Ungeschickt, aber mit großem Eifer hantierte er in der Küche. Ach, darum wirkt der Geruch von Mitsurus Nudelsuppe so beruhigend auf mich, dachte ich gerührt.

Vater und ich verbrachten damals eine besondere Zeit zusammen. Sicher, Trauer und Schmerz setzten uns zu, doch nicht selten glaubten wir, Mutter in unserer Nähe zu spüren.

»Mama … Mama ist da …«

»Ja, eben war sie hier.«

Tränen rannen uns übers Gesicht. Ich sah Mutter damals wirklich: wie sie sich um die Pflanzen kümmerte, wie sie mich morgens weckte.

Wenn die Grenze zwischen dieser und jener Welt plötzlich durchlässig wird, geschieht es, daß man tote Menschen wiedersieht. Mir passierte das oft, wenn ich tief in Gedanken versank und alles um mich herum vergaß. Die Grenzen verwischten sich, und auf einmal erschien meine Mutter. Aber auch sonst war sie mir nahe. Wenn ich weinte, spürte ich Mamas Geruch, fühlte ihre Hand auf meiner Schulter. Nach dem Tod war sie warm und weich, aber zu Lebzeiten hatte mich diese Hand auch häufig geschlagen. Ob Mutter ahnte, daß sie nicht lange leben würde?

Als sie starb, war es nicht ganz so schlimm, wie man denken könnte. Tag für Tag fühlten wir uns wie von Zauberhand getragen. Mutter war nicht mehr da, und dennoch war sie viel gegenwärtiger in unserem Leben als zuvor. Indem sie uns schützend umfing, rettete sie uns vor den schwarzen Löchern, die uns bisweilen zu verschlingen drohten.

Diese Erfahrung brachte meinen Vater der Welt des Mystischen und Mysteriösen noch näher, während sie mich, auch wenn ich weder Kobolde noch liebestrunkene Geister sehen konnte, dazu verführte, oft mehr im Traum als in der Wirklichkeit zu leben. Mutters Liebe und Zärtlichkeit, die meinen ganzen Körper durchdrang, werde ich nie vergessen. Ich fühlte mich wie auf einer taufrischen Bergwiese, die Luft kühl und klar, überflutet vom gleißenden Licht der Morgensonne.

Rumi, Mitsuru und seine Mutter, meine Eltern, meine Großmutter – diese Stadt war bevölkert von wunderlichen Gestalten. Was für eine seltsame Gesellschaft! Eine Art Geheimbund, der einen besonderen Draht zur Welt des Unsichtbaren hatte. Auch das haben wir dem Fluß zu verdanken, dachte ich. Ganz bestimmt. Er zog die Menschen in seinen Bann, nährte ihre Gedanken und Gefühle. Er war aus ihrem Leben nicht wegzudenken.

Das letzte Mal war mir meine Mutter beim Autofahren erschienen, in einem Moment, als mir alles egal war.

Nach der Trennung war ich einmal in jene Gegend gefahren, wo er oft mit mir hinging, um zu fotografieren. Die Kirschbäume waren schon fast verblüht. Allein betrachtete ich die dunstige Berglandschaft mit den letzten rosarot schimmernden Flecken, allein ging ich in den Onsen, wo wir jeweils einen Zwischenhalt eingelegt hatten, und starrte regungslos in den Aufenthaltsraum, wo jetzt niemand mehr auf mich wartete. Ich hoffte, Spuren unserer gemeinsamen Vergangenheit zu finden. Doch was ich fand, war nichts als die nüchterne Gegenwart. Und die sagte mir nur: Es ist vorbei.

Obwohl es stockdunkel war und die Straße kurvig, fuhr ich auf dem Heimweg ziemlich unvorsichtig. Wenn Autos entgegenkamen, wich ich mit einem raschen Schlenker aus. Ich wollte ja keinen tödlichen Unfall provozieren, riskierte aber, selbst in die Felswand zu krachen. Was soll's, dachte ich, das Auto ist gemietet, und versichert ist es wohl auch.

An dem Tag wurde mir mit brutaler Deutlichkeit klar: Ich war keine Geliebte mehr, nicht einmal mehr eine kleine, unbedeutende Fotoassistentin. Ich war ein Nichts. Ein erbärmliches Nichts. Dieses Gefühl, sich nur noch an die Vergangenheit klammern zu können, war mir bisher völlig fremd gewesen. Aber jetzt … Ich war unfähig, an einen Ort zu gehen, der nichts mit ihm zu tun hatte. Ich war eine Gefangene der Gewohnheit.

Als ich in einer großen Kurve einem entgegenkommenden Auto ausweichen wollte, verlor ich die Kontrolle. Mein Wagen geriet ins Schleudern, schlitterte über die Straße hinaus auf den Parkplatz eines Aussichtspunktes. Mensch, wenn hier Autos stehen …, dachte ich und schloß die Augen.

In dem Augenblick erschien auf der Frontscheibe das Gesicht meiner Mutter. Riesengroß. Ich öffnete die Augen, sah, daß der Parkplatz leer war. Ich riß das Steuer herum und trat auf die Bremse. Quietschend blieb der Wagen stehen. Mein Herz hämmerte. Ich sah mich um und bemerkte auf einmal die Lichter – die Lichter der mir verhaßten Großstadt. Friedlich glimmten und glitzerten sie im Dunkel der Nacht, leuchteten wie Schaumkronen im Meer. Ein berückender Anblick.

»Es gibt kein zweites Mal. Das darf dir nicht wieder passieren«, hörte ich Mutter sagen. Nicht in meinem Herzen oder im Ohr, sondern als säße sie wirklich im Auto.

Ich kam wieder zu mir. Mein Körper zitterte. Eben war ich knapp dem Tod entronnen! Er, der meistens allein in die Berge fuhr, hatte einmal gesagt: »Berge haben eine große Anziehungskraft, aber wenn du eine gewisse Grenze überschreitest, weißt du plötzlich nicht mehr, was ist Leben, was ist Tod, du tauchst ein in eine neue Sphäre, und wenn du nicht stark genug bist, versucht dich eine ganze Schar unsichtbarer Wesen, ohne daß du es merkst, auf die Seite des Todes zu locken. Das klingt nach Fluch, Rache, Verwünschung. Doch mit solch dunklen, beklemmenden Gefühlen, für die wir so schnell ein wohlfeiles Wort zur Hand haben, hat das nichts zu tun. Es ist einfach das, was es ist. Und dabei kommt einem der Tod viel natürlicher vor als das Leben. Das habe ich schon mehrmals erlebt. Das Gefühl, wie gelähmt zu sein, als hätte dich jemand in seiner Gewalt. Man kann das nicht mehr vergessen. Wenn ich jeweils in solchen Momenten Fotos gemacht habe, finden sich darin viele Dinge, die wir Menschen normalerweise nicht wahrnehmen. Diese Fotos strahlen eine Intensität aus, von der man sich fast bedroht fühlt.«

Jetzt war mir klar, warum ich mich von ihm geradezu magisch angezogen fühlte: Er war ein Grenzgänger. Jemand, der sich nicht davor scheute, die Welt jenseits der Grenze zu ergründen. Deshalb muß es ihm auch möglich gewesen sein, sich so radikal von mir zu trennen und der Versuchung zu widerstehen, mich nur ein einziges Mal anzurufen oder zu besuchen.

Der wirkliche Schrecken der Natur offenbarte sich mir in jener Sekunde nicht in der Finsternis oder dem Gefühl von Verlorenheit und Einsamkeit, sondern vielmehr in der Erkenntnis, daß es eine Grenze gab und daß Leben und Tod eins wurden, wenn man sie überschritt. Es war, als würde man mit einem einzigen Hieb, kalt und rücksichtslos, von allem abgeschnitten. Eine frostige Welt.

Vielleicht war ich damals, für einen winzigen Augenblick, in die Nähe dieser Grenze gekommen.

Wenn ich in der Stadt neben dem großen Mann herging und zu ihm aufschaute, wurde ich unweigerlich an meine verflossene Liebe erinnert. Jedesmal drohte die Wunde in meinem Herzen erneut aufzureißen, aber ich genoß es dennoch, bei ihm zu sein.

Auf dem Weg zum Parkplatz trug Mitsuru meine Taschen und Tüten. Der blaue Himmel über den schneebedeckten Bergen leuchtete so intensiv, die Luft war so rein und klar, daß man plötzlich das Gefühl bekam, es gäbe nichts Schlechtes auf der Welt.

Wir stiegen ins Auto und fuhren los. Mitsuru hatte vorgeschlagen, eine kleine Fahrt in die Berge zu unternehmen und an einem Ort mit schöner Aussicht einen Kaffee zu trinken.

Aus der Höhe betrachtet, hatte die Stadt selbst inmitten der kahlen Winterlandschaft ihren Reiz. Der Fluß schlängelte und wand sich durch die Stadt, als ob Gott eine gewaltige Wassermenge über ihr ausgeschüttet hätte. Da und dort blitzte das Wasser im Sonnenlicht, Schatten von Wolkenfetzen huschten über das Geäder hinweg.

»Wenn es hier so richtig schneit, müssen die zumachen«, meinte Mitsuru.

»Um so besser. Dann können die Gäste ja alle ins ›Heidi‹ kommen«, sagte ich.

Hell schien die Sonne durch das große Fenster. Der Kaffee glitzerte schwarz.

»Was ich dich fragen wollte ... Woher kommt eigentlich diese Unerschütterlichkeit und Gelassenheit in deiner Familie? Hat das etwa religiöse Gründe?«

»Wie kommst du denn darauf?« fragte Mitsuru mit großen Augen.

»Bei euch ist alles so anders ...«

Mitsuru lachte. »Gegen deinen Vater haben wir aber keine Chance.«

»Naja, er ist immer mit Leidenschaft und Begeisterung hinter etwas her«, antwortete ich und erzählte von dem, was mein Vater im Lauf der Jahre alles ausprobiert hatte: spirituelle Meditationen, absonderliche Gesundheitstherapien, monatelang Schweigen, nackt Sonnenbaden …

Mitsuru krümmte sich vor Lachen. Auf einmal, als wäre ihm etwas eingefallen, sagte er: »Wenn wir schon dabei sind: Meine Oma war ›die gute Seele vom Busbahnhof‹ – so nannten sie die Leute.«

»Was?« sagte ich überrascht.

Ich hatte von ihr gehört und sie auch gesehen.

Der Busbahnhof ist am Stadtrand. Es gibt dort einen Warteraum, einen Kiosk und auch ein Restaurant. Die alte, ärmlich gekleidete Frau war immer da, an heißen wie an kalten Tagen, hörte sich die Sorgen der Leute an und servierte Tee. Sie bekam von niemandem Geld und verlangte auch keines, aber weil sie immer da war, begannen die Leute sie zu grüßen, plauderten mit ihr, steckten ihr gelegentlich etwas zu – einen gestrickten Schal, etwas zum Essen oder sonst etwas. Es gab auch Leute, die, wenn sie Rat brauchten oder sich einsam fühlten, nur ihretwegen zum Busbahnhof gingen. Sie kannte fast alle, und fast alle kannten sie.

Einem Gerücht zufolge hatte die alte Frau ein besonderes Gespür für Menschen. Wenn ein Unhold in die Stadt kam, soll sie jeweils die Polizei gewarnt haben: »Passen Sie auf, der und der ist ein Bösewicht.« Dank ihrer Hinweise konnte einmal sogar ein gesuchter Verbrecher verhaftet werden. Hinter vorgehaltener Hand hieß es, die Polizei habe sie schon mehrmals um Hilfe gebeten. Die Frau hatte auch ein Händchen für Jugendliche, die von zu Hause weggelaufen waren und auf dem Busbahnhof herumirrten. Sie gab ihnen zu trinken, ließ sie ihr Herz ausschütten, bot ihnen ein Bett an für die Nacht, ermunterte sie, die Eltern anzurufen.

Als die Frau starb, soll sich eine riesige Menschenmenge zur Trauerfeier eingefunden haben. Alle hätten geweint. Auch am Busbahnhof herrschte eine gedrückte Stimmung, und noch lange nach ihrem Tod konnte man dort Leute sehen, denen plötzlich Tränen über das Gesicht liefen. Seit meiner Rückkehr war ich noch nicht beim Busbahnhof gewesen, aber womöglich lagen neben der kleinen Jizō-Figur*, die man mit Spendengeldern gekauft hatte, noch immer Blumen im Gedenken an sie.

* »Jizō Bosatsu (Sanskrit: Ksitigarbha) ist eine besonders in Japan populäre Bodhisattva-Figur. Die Jizō-Statuen zeigen einen buddhistischen Mönch mit kahlgeschorenem Schädel, der in der Hand einen Pilgerstab hält. Oft wird Jizō auch als Kind dargestellt. Jizō ist […] deshalb beliebt, weil er die Seelen auf ihrem Weg in die Unterwelt begleitet. Legenden erzählen, wie er in die Hölle hinabsteigt und die Sünder rettet. Daher findet man die meisten Jizō-Statuen auch auf Friedhöfen. Jizō ist darüber hinaus der Schutzgott der Kinder (auch der ungeborenen).« (Zitiert aus: Artikel *Jizō*. In: Wikipedia, Die freie Enzyklopädie. Bearbeitungsstand: 27. Juli 2006)

Ich glaube, die Frau starb, nachdem ich weggezogen war.

Sie hatte einen ziemlich großen Einfluß auf meinen Vater.

»Solche unbekannten, wunderbaren Menschen gibt es überall auf der Welt«, sagte er gern, und wirklich zog er eines Tages los, um sich auf die Suche nach solchen Leuten zu machen.

Eine Zeitlang nach Mutters Tod war er oft spazierengegangen. Wenn er unterwegs am Busbahnhof vorbeikam, sprach ihm die alte Frau Trost zu. Einmal, habe ich gehört, soll er sogar vor allen Leuten sein Gesicht in ihrem Schoß vergraben und bitterlich geweint haben. Er habe nicht mehr aufgehört, geweint und geweint wie ein kleines Kind. Die Frau sei ganz still gewesen, habe ihre Hand zärtlich auf Vaters Kopf gelegt und geduldig gewartet. Beim Abschied habe sie ihn einfach nur angelächelt, während mein Vater, halbwegs wieder ein Erwachsener geworden, sich verbeugte und stammelnd um Verzeihung bat.

»Deine Oma hat meinem Vater einmal sehr geholfen. Sie war eine großartige Frau, und du als Enkel erzählst mir erst jetzt davon?«

»Ich dachte, man hätte sie vergessen. Ist ja schon eine Weile her«, sagte Mitsuru.

»Eine solche Frau vergißt man nicht. Ich glaube,

wenn jemand wie sie dagewesen wäre, als jenes tragische Unglück passiert ist, hätte dein Vater nicht sterben müssen. Vielleicht hätte niemand sterben müssen.«

»Genau das habe ich auch oft gedacht! Mutters Kraft reichte leider nicht aus, um ihn zurückzuhalten. Und ich bin sicher, daß sie sich deswegen die schrecklichsten Vorwürfe macht«, sagte Mitsuru.

Jetzt wußte ich, woher die gelassene, ruhige Art von Mutter und Sohn rührte, und fühlte mich erleichtert. Denn was mir bisher dunkel und rätselhaft erschienen war, hatte plötzlich einen Namen.

»Wie war das denn mit deiner Großmutter? War sie eine ganz normale Oma für dich?« fragte ich.

»Na ja, sie war so bekannt, daß ich schon als kleiner Junge nicht gerade das Gefühl hatte, sie sei meine Oma. Sie war eine öffentliche Person, selbstlos und für alle da. Auch Mutter sagt oft, Oma sei für sie nicht wie eine normale Mutter gewesen. Aber weil sie immer nett zu mir war, habe ich keine schlechten Erinnerungen an sie. Bei ihr war immer was los. Halbverhungerte Obdachlose, Jugendliche, die zu Hause Zoff hatten, oder Frauen, die vor ihren prügelnden Ehemännern flohen – alle fanden in ihrer kleinen Hütte Unterschlupf. Weißt du, wenn ich den Schuppen sehe, in dem du wohnst, muß ich immer an meine Oma denken.«

»Tut mir leid, daß ich auch in so einer Hütte hause.«

»Nein nein, so war's nicht gemeint. Aber eure spartanische Lebensweise hat schon eine gewisse Ähnlichkeit«, sagte Mitsuru lachend.

Da geschah es. Noch jetzt erinnere ich mich genau an das Licht, sogar an die Farbe der kahlen, sonnengebleichten Bäume.

»Ach ja, wenn ich schon dabei bin... Einmal habe ich einem kleinen Mädchen, das fast gestorben wäre, Handschuhe geschenkt«, sagte Mitsuru plötzlich. «Ich hatte damals ein neues Fahrrad bekommen und vergnügte mich damit am Fluß, fuhr den Damm rauf und runter. Einmal war ich etwas zu schnell. Ich konnte nicht mehr bremsen, schlug mir an einem Stein den Kopf auf und mußte ins Krankenhaus.«

»Meine Güte! Und dann?«

»Bevor ich wieder zu mir kam, hatte ich einen Traum. Ich träumte vom Schlittschuhlaufen.«

Als Mitsuru das sagte, traf es mich wie ein Blitz. Plötzlich verstand ich, fügte sich alles zusammen. Jetzt erinnerte ich mich auch an den Traum, in dem ich Mitsurus Vater begegnet war. Ich war so verblüfft, daß ich vorerst schwieg und weiter zuhörte.

»Es war eine phantastische Eisbahn, und die Menschen, mit denen ich zusammen auf dem Eis lief, strahlten vor Schönheit. Alle sind unglaublich nett, und obwohl sich niemand kennt, gehören doch alle zusammen, fühlen sich geborgen und glücklich. Wie im Paradies. Schwebend leicht glitt ich dahin. Da war auch ein zierliches, kleines Mädchen. Es konnte sehr gut schlittschuhlaufen. Weil wir die einzigen Kinder waren, nahm ich sie bei der Hand. Ich glaube, ich hatte mich ein wenig in das Mädchen verliebt. Sie war sehr süß. Sie lächelte. Ihre Wangen leuchteten rot. Warum sie aber keine Handschuhe hatte, weiß ich nicht. Ihre Hände waren eiskalt.«

Das war ich, hätte ich sagen können, doch ich schwieg.

»Mit einem riesigen Verband um den Kopf wachte ich auf. Da ich keine ernsthafte Verletzung erlitten hatte, hieß es, ich könne bald wieder nach Hause, aber ich dachte nur an den Traum und erzählte ihn meiner Großmutter, die neben mir am Bett saß. Ich war sicher, sie würde verstehen. Ich wollte unbedingt wissen, warum das Mädchen keine Handschuhe anhatte. Oma richtete ihren Blick in die Ferne und sagte: ›Mein Kleiner, so weit bist du gegangen! Gut, daß du wieder zurückgekommen bist.‹ Und dann: ›Wenn das Mädchen zur selben Zeit dort war, liegt sie jetzt wahrscheinlich mit hohem Fieber im Bett. Hier im selben Krankenhaus.‹ Und mit entschiedener Stimme fügte sie hinzu: ›Geh zu ihr und gib ihr deine Handschuhe. So wird sie sicher wieder gesund.‹ Ich machte mich sogleich auf die Suche. Eine Krankenschwester, die ich um Hilfe bat, sagte freundlich: ›Ja, bei uns ist ein Mädchen mit einer Lungenentzündung. Du meinst sicher sie, nicht wahr? Im Moment darf aber niemand zu ihr, wegen der Ansteckungsgefahr.‹ Verzweifelt versuchte ich sie umzustimmen, worauf die Schwester endlich sagte: ›Schon gut. Ich werde ihr das Geschenk geben.‹ Und so vertraute ich ihr meine Handschuhe an. Die Familie des Mädchens bedankte sich später bei mir, aber ich war ja selbst noch ein Kind, und kaum war ich wieder zu Hause, hatte ich nur noch meine eigenen Sachen im Kopf und vergaß das Mädchen völlig. Doch die ungewöhnliche Kraft, die Oma besaß, wurde mir damals zum ersten Mal richtig bewußt.«

Jenes Mädchen ist gesund und groß geworden, es sitzt hier, vor dir, wollte ich sagen, doch es wäre zuviel gewesen. Es hätte nach einer Geschichte geklungen, die viel zu schön war, um wahr zu sein. Mit der Zeit verschwimmt vieles, geht manches verloren. Wenn die verstreuten Erinnerungen nicht zu einem Ganzen verschmelzen wollten – sollte man es dann nicht so lassen, wie es war?

Wir stiegen ins Auto. Während wir gemütlich

bergab fuhren, sagte ich: »Mitsuru, ich weiß doch, wie sehr es dich in die Berge zieht. Geh einen Tag skifahren, und ich kümmere mich um deine Mutter.«

Mitsuru schien von meiner Direktheit ein wenig überrumpelt.

»Mach dir keine Sorgen. Wenn ich Lust habe, kann ich jederzeit gehen. Mutter schafft es schon allein. Aber irgendwie bin ich nicht in der richtigen Stimmung ... Naja, vielleicht sollte ich die Gelegenheit beim Schopf packen, wenn du es mir schon anbietest.«

In jenem Moment dachte ich auf einmal, ganz tief in meinem Innern: »Ist er vielleicht ein Lebensretter? Ein Schutzengel? Dann muß ich versuchen, alles für ihn zu tun, was ich kann.«

Wie hatte ich meinen Traum nur vergessen können? Und vergessen, daß Großmutter damals von einem wildfremden Jungen Handschuhe für mich bekommen hatte?, fragte ich mich auf dem Weg zu Vaters Wohnung. Im Traum selbst hatte ich ja gewußt, wovon Mitsurus Vater sprach, als er die Kommode erwähnte.

Ich schloß die Wohnungstür auf, öffnete weit das Fenster, um frische Luft hereinzulassen, und ging dann ins kleine Tatamizimmer, wo sich noch immer die alten Sachen von mir und meiner Mutter befanden.

Mutters Habseligkeiten waren, wie bei meinem letzten Besuch, säuberlich geordnet und zusammengeräumt. Ein wenig schmerzte mich der Anblick, aber zugleich freute es mich auch, all die vertrauten Dinge wiederzusehen. Auf einmal mußte ich lächeln. In einer Ecke hatte ich die rosarote, mit vielen Tieren bemalte Kommode aus meiner Kindheit entdeckt. Aufgeregt begann ich in den Schubladen zu wühlen.

Da! Da waren sie ... die kleinen, abgetragenen, rot und weiß gemusterten Handschuhe.

»Wow – ein kleines Wunder. Aber ... Eigentlich wundert es mich gar nicht so sehr«, flüsterte ich ergriffen.

Ich hielt die Nase an die Handschuhe. Sie rochen nach alter Wolle.

Diese Handschuhe haben, über die Zeit hinweg, zwei Menschen zusammengeführt, dachte ich, und als hielte ich etwas Kostbares, ja Unersetzbares in meinen Händen, legte ich sie vorsichtig zusammen und steckte sie in die Tasche. Aber ich wußte, wirklich kostbar war nicht der Gegenstand selbst, sondern das, was sich in ihm verbarg.

Offensichtlich in bester Laune, verstaute Mitsuru seine Skisachen im Auto und fuhr los. Ich machte es mir im ersten Stock bequem, wo Mitsuru immer seine Nudelsuppen servierte, und verbrachte den Nachmittag damit, seiner Mutter Tee zu bringen, hin und wieder nach ihr zu schauen und zu fragen, ob sie etwas brauche.

Die Mutter schien sich durch meine Anwesenheit überhaupt nicht gestört zu fühlen.

Sie sagte nur: »Aha, heute sind Sie da«, und lächelte. Sie war fast bis auf die Knochen abgemagert, aber ich hatte den Eindruck, als ginge es ihr ein wenig besser, als würde die Zeit langsam, langsam etwas reifen lassen. Und dennoch: Wenn ich daran dachte, daß in diesem Zimmer, in dem Mitsurus Mutter schlief, auch sein Vater geschlafen hatte, morgens nach dem Aufstehen das Fenster öffnete, abends vor dem Einschlafen mit seiner Frau plauderte, mit ihr ein Kind zeugte – dann tat mir das Herz weh. Sein Hut, sein Füller, seine Bücher – alles war noch immer da. In allen Ecken und Winkeln war die Zeit zu spüren, die die beiden miteinander verbracht hatten. Durch dasselbe Fenster hatten sie dieselbe Aussicht genossen, und diese Aussicht, bis in die Krümmungen und Verzweigungen der Äste hinein, mußte sich ihnen tief ins Gedächtnis gebrannt haben.

Als ich gegen drei Uhr in ihr Zimmer ging, schlief sie nicht mehr. Mit halbgeöffneten Augen sagte sie: »Nanu? Wo ist Mitsuru?«

Wenn sie schlief, sah sie wirklich wie ein Skelett aus, so steif und reglos lag sie da. Ich verstand, warum Mitsuru sich Sorgen machte. Wenn sie aber die Augen öffnete, kam auf einmal wieder Leben in sie, und man vergaß, daß man eben noch geglaubt hatte, eine Tote vor sich zu haben.

»Er ist skifahren gegangen. Am Abend kommt er wieder zurück. Möchten Sie einen Tee trinken oder etwas essen?« fragte ich.

»Ich habe ein wenig Hunger«, sagte die Mutter mit fester Stimme.

»Was möchten Sie denn gern?«

»Alles, nur keine Nudelsuppe mit klarer Brühe oder Miso. Von denen hab ich genug gegessen.«

»Dann mache ich Ihnen eine gemischte.«

Mitsurus Mutter lachte verschmitzt.

Ihr Lachen – selbst wenn sie nur lachte, weil sie nett zu mir sein wollte – freute mich riesig.

»Oder wie wär's mit einem Omelett? Zu schwer?«

»Kein Problem«, antwortete sie, und so ging ich nach oben in die Küche, nahm Eier aus Mitsurus unentbehrlichem Kühlschrank, briet ein luftiges Omelett, garnierte es mit Tomaten und legte ein paar Biskuits dazu. Während die Mutter aß, wartete ich im Zimmer nebenan. Vielleicht mochte sie es ja nicht, wenn man ihr beim Essen zuschaute. Ich kochte Wasser, und nach einiger Zeit, als keine Eßgeräusche mehr zu hören waren, brachte ich ihr einen Tee.

Zu meiner Freude war der Teller fast leer, und auch von den Biskuits hatte sie gegessen. Den Tee trank sie sogar im Sitzen.

»Jetzt fühle ich mich viel besser ... Bis ich aber wieder richtig auf die Beine komme, muß ich mich noch ein wenig gedulden«, sagte die Mutter.

»Sie sind vorsichtig und passen auf, daß Sie sich weder zu viel noch zu wenig zumuten. Das ist gut so«, sagte ich.

»Es ist nicht einfach, wenn eines schönen Morgens das Schicksal zuschlägt und man einfach so auseinandergerissen wird. Man kann dem Verlorenen noch so hinterherweinen – man kriegt es nicht mehr zurück. Das mußte ich erst mal akzeptieren lernen. Und dann der Selbsthaß, der einen in ein rabenschwarzes Loch zieht und zerfrißt, der Gram, die Trauer ... Auch heute bin ich noch nicht darüber hinweg. Daß es viele andere Familien auch getroffen hat, macht die Sache nicht leichter – im Gegenteil. All das Leid ist wie eine Sturmflut über mich hereingebrochen, und erst als der Sturm ein wenig nachließ, war ich fähig, mein Schicksal annehmen zu können. Wenn ich mich von Anfang an zusammengerissen hätte, krampfhaft versucht hätte, mir ja nichts anmerken zu lassen, wäre ich für den Rest des Lebens innerlich versteinert... Als ich Mitsuru bekam, hatte ich eine schwere Geburt. Damals gönnte ich mir viel Ruhe, und genauso wollte ich es auch diesmal tun. Mich auf keinen Fall zu irgend etwas zwingen.«

»Ich glaube, so ist es am besten«, sagte ich mit einem Gefühl, als würde ich gegen etwas in mir ankämpfen. »Und wenn ich Mitsuru sehe, wie er die Situation meistert, dann denke ich: wie die Großmutter, so die ganze Familie... Die gute Seele vom Busbahnhof hat übrigens auch meinem Vater sehr geholfen.«

»Früher, als ich noch nicht geboren war, mußte meine Mutter Schlimmes erlebt haben. Was genau, wollte sie mir nie erzählen. Eigentlich war sie ein sanftmütiges Wesen, lachte immer, aber ihre Augen schauten streng und voller Stolz. Nach meiner Heirat bauten wir dieses Haus, und obwohl mein Mann ihr den Vorschlag machte, bei uns zu wohnen, lehnte sie ab. Sie wollte nicht weg von ihrem kleinen Häuschen, und auch nicht vom Busbahnhof, dem sie bis drei Tage vor ihrem Herzanfall die Treue hielt. Es scheint, als hätte sie ihren baldigen

Tod geahnt, denn sie kam hier vorbei, brachte Andenken mit, etwas Leckeres zum Essen, Taschengeld für Mitsuru und sagte: ›So. Heute war mein letzter Arbeitstag. Eure Oma wird sich jetzt zur Ruhe setzen.‹ Wir feierten das Ereignis mit einem Sukiyaki* und schmiedeten bereits Pläne für die Zukunft: Von jetzt an genießen wir das Leben, ja? Gehen zusammen auf Reisen, ja? Das hast du dir verdient. Und als ich hinzufügte: ›Es wäre schön, wenn du bei uns wohnen würdest‹, antwortete sie: ›Das wär wirklich nicht schlecht‹, und lachte. Sie wußte genau, daß es nie geschehen würde. Aber sie sagte es trotzdem, mir zuliebe. Nie in meinem Leben hatte mir Mutter das Gefühl gegeben, *meine* Mutter zu sein, immer war sie für andere da, für all die Leute mit ihren Sorgen und Problemen. Doch an jenem Abend, endlich, kehrte Mutter in den Schoß der Familie zurück – als meine, unsere Mutter. Ich war so glücklich, daß mir die Tränen kamen.«

»Ich kenne Ihre Mutter nur vom Sehen, aber ich kann mir gut vorstellen, was für ein Mensch sie war.«

»Von ihr habe ich viel gelernt – weniger durch

* Japanisches Eintopfgericht, das am Tisch zubereitet wird. Zutaten: dünn geschnittenes Fleisch, Gemüse, Pilze, Tōfu, Nudeln usw. Die in einem Sud aus Sojasoße, Zucker und süßem Sake geköchelten Zutaten tunkt man vor dem Essen in ein Schälchen mit zerquirltem Ei. (A. d. Ü.)

Worte, als durch ihre Taten. Mutter hat immer gesagt, man dürfe im Leben nichts erzwingen, Zwang und Gewalt seien die Wurzeln des Bösen. Sie ist nicht müde geworden, uns das einzutrichtern. Sie hat erzählt, in jungen Jahren, als sie einmal allein am Busbahnhof gewartet habe, sei ihr ein Geist erschienen. Er sei von den Bergen her gekommen und in ihren Körper geschlüpft. Von da an sei sie immer beschützt gewesen, egal, ob ein Schurke sie bedroht oder ein Bursche sie angemacht habe. Ohne jemals leiden zu müssen, hat sie, stolz und beherzt, ihre Arbeit vollbracht. Sie mußte sich nie zu etwas zwingen. Deshalb, glaube ich, hat sie wirklich so gelebt, wie sie wollte. Wenn sie müde war, schlief sie bis in alle Ewigkeit, und wenn sie ausgerissene Jungen oder Mädchen bei sich aufnahm, kochten sie zusammen, schwatzten, lachten. Ich habe ihr auch viel geholfen. Das Mittagessen zubereitet, Taschenwärmer verteilt und so. Mutter hatte immer etwas zu verschenken. Als Zeichen der Dankbarkeit bekam sie von den Leuten Blumen, Gemüse oder was auch immer. Sie war eine glückliche Frau. Wenn ich wieder gesund bin, möchte ich auch so etwas wie meine Mutter tun, den Menschen helfen, die es nötig haben. Es muß ja nicht unbedingt auf dem Busbahnhof sein.«

Mitsurus Mutter hatte sich mitten im Reden hingelegt. Sie sah müde aus, aber ihre Augen leuchteten.

»Ich brauche nur noch etwas Zeit … Wenn der Frühling da ist, geht es sicher besser.«

Ich nahm die Handschuhe aus der Tasche.

»Hier, die hat mir Mitsuru einmal geschenkt. Erinnern Sie sich?«

Die Mutter machte große Augen.

»Das waren Sie?!«

Gerührt hielt sie die kleinen Handschuhe, streichelte sie zärtlich.

»Natürlich erinnere ich mich. Mitsuru erzählte mir, er sei im Traum mit einem Mädchen aus demselben Krankenhaus schlittschuhgefahren. Ihre Hände seien eiskalt gewesen, und da wollte er ihr unbedingt seine Handschuhe geben – in Wirklichkeit! Ich dachte schon, oh, jetzt ist er nicht mehr ganz richtig im Kopf, aber mein Mann meinte, wer weiß schon, was es alles gibt, und ließ Mitsuru machen. Eine Krankenschwester half bei der Suche nach dem Mädchen, das wir gar nicht kannten, und versprach, das Geschenk an die Familie des Mädchens weiterzugeben. Natürlich hatten wir unsere Zweifel, ob das Mädchen überhaupt existierte und ob sie die Handschuhe auch wirklich bekommen hat. Wir sind dem nie weiter nachgegangen. Sie waren damals wirklich im Krankenhaus?«

»Ja sicher. Ich selbst konnte mich nicht an den Traum erinnnern, doch aus irgendeinem Grund sah meine Oma, was im Traum passierte, und erzählte mir davon.«

»Dann sind Sie also im Traum mit Mitsuru schlittschuhgefahren!«

Die Mutter lächelte. Sie wirkte plötzlich viel jünger, fast mädchenhaft. Zum ersten Mal ahnte ich, wie sie aussehen mochte, wenn sie gesund war. Ihr blühendes Lächeln überstrahlte alles, ließ ganz vergessen, wie geschwächt sie noch immer war. Aber nicht mehr lange, sicher nicht mehr lange. Die Zeichen der Genesung waren nicht zu übersehen, wie Keimlinge, die keck ihre Köpfchen aus der Erde streckten. Wenn man wußte, daß sie sich nichts sehnlicher wünschte, als wieder mit ihrem Mann zusammenzusein, so glücklich zu sein wie früher, wirkten diese Zeichen beinahe verwegen, ja maßlos.

»Diese Handschuhe … Ich möchte sie Ihnen gern schenken«, sagte ich.

»Ist das nicht ein wichtiges Andenken für Sie? Behalten Sie es doch.«

»Nein. Die Handschuhe haben mir das Leben gerettet. Jetzt sind Sie dran. Ich glaube, sie sind bei Ihnen gut aufgehoben.«

Mit einem ermutigenden Lächeln stand ich auf und schob die Tür hinter mir zu.

Wie eine Zeitkapsel brachten die Handschuhe die Vergangenheit zurück, erweckten sie zu neuem Leben. Und so wie sie damals, als ich klein war, meine kalten Hände wärmten, so würden sie jetzt die Seele von Mitsurus Mutter wärmen.

Im oberen Stock hatte ich mich zuerst an die Theke gesetzt, mir es dann aber auf dem Boden bequem gemacht. Ich mußte eingeschlummert sein, denn als ich aufwachte, dämmerte es draußen schon. Im Westen war der Himmel tiefrot. Die Wolken leuchteten in vielen Farben, die Schneeberge glühten.

Ah, wunderschöne Stimmung … Bald wird es dunkel … Es war mir, als hätte ich schon immer in diesem Haus gewohnt. Vor kurzem noch war ich, mit vor Liebe brennendem Herzen, an einem Ort gewesen, wo man zwischen den Häuserschluchten keinen einzigen Berg sehen konnte, wo die Menschen gehetzt durch die Straßen liefen und das Rauschen der Autos Tag und Nacht in die Ohren drang – und jetzt wachte ich allein in diesem stillen Haus auf, bei einer Frau, die einen Stock tiefer schlafend im Bett lag und die ich kaum kannte. Tja, das Leben steckt voller Überraschungen, dachte ich in aufgeräumter Stimmung.

Ich stellte den Temperaturregler des Heizofens

ein bißchen höher und öffnete das Fenster. Als ich zufälligerweise nach unten blickte, bemerkte ich, daß das Zimmer der Mutter zum Garten hin lag, in dem eine ganze Reihe kleiner, schlanker Zedern wuchs.

Ich betrachtete die Zedern – und stutzte.

Ich wußte nicht genau, was es war, doch eines von den Bäumchen schien sich von den anderen zu unterscheiden. Nicht in der Größe oder der Form, sondern in der Farbe.

Da erinnerte ich mich wieder. An jenen Traum, in dem mir Mitsurus Vater erschienen war.

»Wie war das noch mal ... Hat er nicht gesagt, er wisse nicht mehr, unter welchem Baum?« flüsterte ich und war bereits auf dem Weg nach unten. Ich dachte keine Sekunde daran, daß ich eigentlich in einem fremden Haus war und mich benahm, als wäre es mein eigenes. Es war eine magische Kraft, die mich trieb. Auf dem Gartenweg lag eine Schaufel. Ohne zu zögern packte ich sie. Ich mußte mich beeilen, wenn ich der Dunkelheit zuvorkommen wollte.

Das Bäumchen war mir deshalb von oben aufgefallen, weil die Erde drum herum eine andere Farbe hatte. War sie vielleicht vor nicht allzulanger Zeit umgegraben worden? Ich schaute näher hin, tastete den Boden ab – und siehe da, die Erde war frisch. Wie verrückt fing ich an zu graben. Es wurde schnell dunkel. Ich hätte Mitsurus Mutter aus dem Schlaf rütteln und mir eine Taschenlampe ausleihen können, aber das Erdreich um den Stamm war ziemlich locker. Ich kam gut voran.

Plötzlich schrie ich auf.

»Da!«

In der Erde lag eine Holzkiste, feucht und schon ein wenig morsch. Als ich sie öffnete, kam etwas in Plastik Eingewickeltes zum Vorschein. Eine kleine Schachtel. Ich packte sie aus und hob langsam den Deckel – ein Ring mit einer Perle! Samtig weiß schimmerte sie in makelloser Schönheit.

Ich starrte auf den Ring wie ein Mensch aus vergangener Zeit, der einen wertvollen Schatz gefunden hatte.

»Was machen Sie da?« hörte ich plötzlich Mitsurus Mutter rufen.

Mit einem Ruck öffnete sich das Fenster.

»Deshalb sind Sie also hergekommen – weil Sie es auf unseren Hausschatz abgesehen haben! Aber im Ernst, was ist denn hier los?«

Eine fremde Frau, die sich, statt brav im Haus zu sitzen, mit der Schaufel im Garten zu schaffen macht. Und auch noch bei Dunkelheit ... Was mußte Mitsurus Mutter von mir denken! Ich bewunderte ihren Humor in dieser Situation.

»Nichts, gar nichts. Sehen Sie hier – für Sie, ein Geschenk von Ihrem Mann! Ich habe davon geträumt«, erklärte ich, aber natürlich begriff sie gar nichts. Ich überreichte ihr den Ring. Jetzt, wo er aus dem Winterschlaf erweckt und in die Hände seiner eigentlichen Besitzerin gelangt war, schien er noch schöner zu glänzen. Wir bestaunten die große Perle, ihr hauchzartes Rosa, das in allen Regenbogenfarben schillerte. Der Ring paßte perfekt.

»Stimmt ... Er hatte gesagt, er würde mir zum Hochzeitstag etwas Hübsches kaufen.«

Vor wenigen Minuten hatte sich die Mutter noch gewundert, was bei ihr im Garten vor sich ging; jetzt schien sie sich über die unerwartete Entdeckung immer mehr zu freuen. Da hat ihr Mann sicher mitgeholfen, dachte ich.

Es war dunkel geworden. Schnell schaufelte ich das Loch zu, ging ins Haus zurück und wusch mir die Hände.

»Sie glauben es vielleicht nicht, aber Ihr Mann ist mir wirklich im Traum begegnet. Sagte, er habe etwas Wichtiges vergraben, wisse aber nicht mehr, unter welchem Baum ... Das ist mir wieder in den Sinn gekommen, als ich im Garten die Bäume gesehen hab ... Ihr Mann hat mich übrigens auch auf die Handschuhe gebracht.«

»Ging es ihm gut?«

»O ja, ich denke schon. Er war sehr nett.«

»Dann bin ich froh.«

Tränen traten ihr in die Augen.

Der Perlenring an der knochigen, bleichen Hand schimmerte wunderschön.

Eine Weile schluchzte sie still vor sich hin und schlummerte dann ein wie ein kleines Kind.

Als Mitsuru müde und zufrieden vom Skifahren nach Hause kam, sagte ich ihm nicht, was geschehen war. Ich steckte die Schokolade ein, die er mir als Geschenk mitgebracht hatte, und machte mich auf den Heimweg. Die Sterne funkelten.

Besser, die Mutter erzählt es ihm, dachte ich. Es wird ihr bestimmt Kraft geben. Dieses kleine Märchen, das sich hier, in dieser kleinen Stadt, zugetragen hat.

Der Frühling war nicht mehr fern, als Vater wieder anrief.

»Du bist also immer noch da ... Deine Wohnung in Tokyo ist sicher schon ganz verstaubt.«

Er sagte, es werde langsam Zeit, daß er nach Hause komme.

»Bist du sicher, Papa?« antwortete ich vorwurfsvoll. »Das hast du schon mal gesagt, und dann hab ich nichts mehr gehört.«

»Schon gut. Ich komme ja, und du bleibst auch

da. Wir könnten zusammenwohnen. Aber wenn du lieber für dich sein möchtest, dann bitte. Ich übernehme gern einen Teil der Miete.«

»Ach, hör auf damit. Ich habe die Wohnung in Tokyo. Sie gehört mir. Ich will sie jetzt nicht wieder verkaufen.«

»Na, das klingt ja immer besser! Hast dir ein hübsches Pölsterchen zugelegt. Komm, laß uns doch zusammen das Leben genießen. Wie gern würde ich jetzt mit dir am Fluß sitzen, was grillen, ein Bier trinken ...«

»Bitte, hör auf, sonst bringst du mich doch noch in Versuchung.«

»Was willst du denn in Tokyo? Wartet dort jemand auf dich? Braucht dich da jemand?«

Vaters Worte trafen mich mitten ins Herz. Das war die bittere Wahrheit. So bitter, daß ich fast auf der Stelle kapituliert hätte.

»Aber wenn ich hierbleibe und einfach alles weitergeht wie bisher, werde ich eines Tages noch Omas Café übernehmen müssen. Oder einen Skilehrer heiraten inklusive Schwiegermutter. Oder im Kinderhort arbeiten. Und das, obwohl ich selbst gar nichts getan, mir gar nichts ausgesucht habe.«

»Ach, mein kleines, dummes Mädchen«, sagte Vater, als wäre mir nicht mehr zu helfen. »Das ist es doch gerade! Gibt es etwas Schöneres, als sich wie das Wasser treiben zu lassen und irgendwann, irgendwo zur Ruhe zu kommen?«

»Tut mir leid, Papa, daß deine kleine, dumme Tochter das nicht kapieren will«, sagte ich und legte auf.

Doch unser Gespräch ließ mir keine Ruhe. Je länger ich darüber nachdachte, desto mehr bekam ich das Gefühl, daß es vielleicht wirklich so war, wie Vater sagte. Gab es hier nicht mehr als genug Möglichkeiten für mich? In Tokyo hatte ich gar keine Wahl gehabt und mich wie in einem Käfig gefangen gefühlt, während sich hier, allein durch den Tapetenwechsel, Dinge ereigneten, die frischen Wind in mein Leben brachten. Dabei hatte ich mich weder verändert noch versucht, mich zu verändern. Es geschah einfach, wie von selbst.

Andererseits dachte ich, das geht nicht, du kannst doch nicht einfach nur tun, was andere dir sagen, dich einfach in den Fluß werfen und treiben lassen! Woher mein Bedürfnis kam, mich zu wehren, nicht nachzugeben, war mir rätselhaft. War es ein spätes Aufbegehren gegen die frühere Heiratsabsicht meines Vaters? Oder mochte ich die Leute hier so sehr, daß ich Angst hatte, enttäuscht zu werden? Scheute ich mich davor, mich mit Haut und Haar auf das Leben hier einzulassen? In dieser

Stadt herrschte ein ureigener, sonderbarer Geist, der ohne den Fluß nicht denkbar war. Schreckte ich vielleicht vor seinen Abgründen zurück, in die ich früher oder später blicken würde?

Ich wußte es nicht. Welche Argumente mir auch durch den Kopf gingen – es waren alles nur vorgefertigte Argumente, die sich jemand nach Belieben zurechtgelegt hatte.

Nimm dir Zeit, geh deinen eigenen Weg, redete ich mir zu. Fürchte die Zeit nicht, geh einfach immer weiter, wie Mitsurus Mutter. So weit, bis du das Gefühl hast, angekommen zu sein.

Die Knospen der Kirschbäume am Fluß waren schon recht dick. Fast zwei Wochen hatten wir uns nicht mehr gesehen. Da Großmutter wieder einmal damit beschäftigt war, neue Rezepte auszuprobieren, gab es auch für mich viel Arbeit.

Als ich ihn spät am Nachmittag in der Allee mir entgegenkommen sah, traf es mich wie ein Schlag. Auf einmal kehrten die Bilder und Gefühle wieder zurück: sein Kindergesicht, seine kleine, warme Hand, die meine kleine, kalte Hand fest umschloß, mein Wunsch, in alle Ewigkeit mit ihm so über das Eis zu gleiten. Einen glimmenden Rest dieses Glücksgefühls hatte ich empfunden, als ich ihm das erste Mal begegnet war.

»Hast du Zeit? Wir könnten Takoyaki* essen«, sagte Mitsuru.

»Zeit hab ich schon. Aber warum Takoyaki?«

»Dort drüben beim Supermarkt gibt es einen neuen Takoyaki-Stand. Kam sogar im Fernsehen, hab ich gehört. In dieser Armer-Schlucker-wird-reich-Sendung. Der Inhaber hat vorher im Kansai** gearbeitet, in einem berühmten Laden. Ich wollte mal ausprobieren, ob die Dinger wirklich so gut schmecken.«

»Gern«, sagte ich. »Laß uns welche kaufen.«

Wir stellten uns in die kurze Warteschlange, wählten aus den vielen Soßen eine aus und setzten uns ans Flußufer. Der steinige Boden war kühl. Es dämmerte schon. Wir waren nicht hier, um Takoyaki zu essen. Wir waren hier, weil wir einfach nur zusammensein wollten, so wie all die Pärchen links und rechts von uns, die wie die Vögel auf den Stromleitungen in regelmäßigen Abständen nebeneinander saßen und auf den Fluß hinausschauten. Die Kälte schien ihnen nichts auszumachen.

Die Takoyaki waren heiß und schmeckten köstlich. In Tokyo wäre es vielleicht nichts Besonderes gewesen, aber hier am Fluß ... Auch der heiße Tee tat gut. Mit beiden Händen umklammerte ich die

* Gebratene Teigbällchen mit Oktopus (A. d. Ü.)
** Gegend von Kōbe, Ōsaka, Kyōto (A. d. Ü.)

Dose aus dem Automaten wie einen Taschenwärmer, während mein Gesicht von der Abendluft ganz kühl war. Ein wohliger Schauer durchfuhr mich.

Die Hauptstraße entlang reihten sich Supermärkte und Kettenläden, die erst in den letzten Jahren entstanden waren. Es war kein schöner Anblick. Die Leute rissen sich um billiges Fleisch oder um Kleider, die schnell ausleierten. So versuchten sie wohl, sich abzulenken, ihrer Schwermut oder ihrer Langeweile ein Schnippchen zu schlagen. Doch solange es noch den Fluß gab und die Berge, das Moor, die üppigen grünen Felder – solange würde auch der Zauber dieser kleinen Stadt fortbestehen.

Nanu? Obwohl man den ganzen Tag in düsterer Stimmung verbracht hat, fühlt man sich am Abend, wenn von Westen her goldenes Licht die Stadt überflutet, plötzlich wie erlöst. Oder man wacht am Morgen auf, überrascht über die frische, klare Luft, die ein nächtlicher Gewitterregen reingewaschen hat. – Solche Dinge waren es, die den Zauber dieser Stadt ausmachten.

Das Wechselspiel zwischen Natur und Mensch ist wie guter Sex. Man wird von einer unwiderstehlichen Kraft ergriffen, doch die sinnlichsten Momente verbergen sich oft in unscheinbaren, verstreut am Weg liegenden Dingen: in knospenden Kirschblüten zum Beispiel, in der Form schlanker, keck in die Luft ragender Schilfblätter oder in einem winzigen Wasserwirbel, der zwischen Steinen tanzt ... Das Glück, etwas davon zu erhaschen, ist ein Geschenk.

»Übrigens pflegt meine Mutter seit kurzem wieder den Garten. Abgesehen von einem längeren Mittagsschlaf ist sie jetzt meistens auf. Sie weint oft, weil sie manches an früher erinnert. Aber ich habe das Gefühl, es geht ihr jeden Tag besser«, sagte Mitsuru. »Und der Ring – den trägt sie jetzt immer.«

»Echt? Das ist ja wunderbar«, sagte ich grinsend und zeigte meine Zähne, an denen bestimmt noch Algenreste klebten.

Da saßen in der Dämmerung zwei ungebundene Menschen am Fluß, ein Mann und eine Frau, die sich nicht gleichgültig waren und sich eine Weile nicht gesehen hatten – und trotzdem entstand kein prickelndes Gefühl zwischen ihnen. Nichts.

»Ich danke dir für alles. Wenn Mutter wieder ganz gesund ist, lade ich dich zu einer Nudelsuppe ein. Aber diesmal zu einer richtigen. Mutters Nudelsuppe schmeckt nämlich göttlich.«

»Mir ist alles recht. Es muß aber nicht unbedingt Nudelsuppe sein.« Ich lachte.

»Mensch, ich hätte nie gedacht, daß im Garten etwas vergraben ist. Vater hat sich immer was Verrücktes einfallen lassen zum Hochzeitstag. Einmal ist er verkleidet nach Hause gekommen und hat Mutter ein Ständchen gesungen, ein andermal hat er ihr zweihundert Rosen geschenkt oder heimlich ein Lokal gemietet und eine riesige Karaoke-Party veranstaltet. Einmal hat er sogar eine Entführung fingiert! Er hat am Hochzeitstag angerufen und mit verstellter Stimme zweihunderttausend Yen gefordert, die Mutter bei einer bestimmten Bank am Fluß deponieren sollte.«

»Zweihunderttausend … Das ist aber wenig.«

»Mit dem Geld sind sie dann in ein Schmuckgeschäft gegangen und haben einen Anhänger gekauft.«

»Ob seine Frau sich über diese Einfälle gefreut hat?«

»Ich glaube, es hat sie eher gestreßt. Immer wenn der große Tag näherrückte, wurde sie nervös. Sie sagte, manchmal sei es ihr peinlich gewesen mitzuspielen. Vor allem bei der Geschichte mit der Entführung.«

Ich nickte. »Das ginge mir auch so.«

Die Konturen der Dinge begannen sich aufzulösen, verloren sich im Dunkel. So stellte ich mir das Totenreich vor. Fahles Licht lag über dem Fluß, während die Stadt in der Dunkelheit verschwand. Still und langsam wie ein sinkendes Schiff.

»Ach ja, neulich kam ein Notizzettel von Vater zum Vorschein. Mutter hat ihn beim Aufräumen gefunden. Da war genau beschrieben, wo der Ring vergraben ist. Vom Eingang aus zehn Schritte nach Osten, und so weiter. Sicher hat er nichts geahnt von seinem nahen Tod, als er da im Garten stand und mit klopfendem Herzen seinen Schatz verbuddelte«, sagte Mitsuru.

Ich fühlte, wie mir die Tränen kamen. Mit zitternder Stimme sagte ich: »Wie unglücklich auch immer die Umstände waren – die Seele deines Vaters wird davon nicht berührt. Ich glaube auch, wie du mal gesagt hast, daß es schicksalhafte Beziehungen zwischen Dingen oder Menschen gibt. Aber ich bin überzeugt, jemand, der ein sinnloses Leben führt und einen ebenso sinnlosen Tod stirbt, hinterläßt nichts als nackte Leere, während Menschen wie deine Großmutter ganz bestimmt etwas Wertvolles hinterlassen, was irgendwo in irgendeiner Gestalt weiterlebt. Die Spuren dessen, was sie vollbracht haben, sind unauslöschlich. Ist das nicht das einzige, was wir Menschen dieser verrückten Welt überhaupt geben können?« fragte ich.

Neben mir blieb es still. Ich schaute Mitsuru von der Seite an. Er saß mit gesenktem Kopf da, die Arme wie ich um die Knie geschlungen. Er weinte.

Ich erinnerte mich, wie er damals, als unser beider Leben in Gefahr war, meine Hand genommen hatte. Jetzt nahm ich seine Hand. Sie war kalt. Mit meiner kleinen, von der Soße klebrigen Hand hielt ich seine große Hand und wärmte sie.

»Wie gern würde ich meinen Vater noch einmal sehen«, sagte Mitsuru.

Ich drückte seine Hand noch fester.

Mit der Selbstverständlichkeit von Erwachsenen hätten wir miteinander schlafen können. Es wäre ganz einfach gewesen. Auch der Gedanke, daß wir über die Familie des andern Bescheid wußten und es peinlich werden könnte, wenn man sich jetzt öfters begegnete, wäre kein Hindernis gewesen. Mit meiner durch alle Höhen und Tiefen gegangenen, bittersüßen Erfahrung als Geliebte hätte ich seinen muskulösen Körper mit allen erdenklichen Raffinessen verwöhnen, die über den langen Winter angestaute Lust erlösen und ihn alles vergessen machen können. Es wäre so einfach gewesen.

Aber jetzt saßen da zwei Kinder. Versunken in jene Vergangenheit, in der der Tod sie berührte, saßen sie beieinander und weinten still. Ich weiß nicht, wer es so entschieden hatte. Es geschah einfach, was geschehen mußte. Irgendwann, wenn die

Zeit gekommen war, würden wir uns vielleicht auch jenem anderen Vergnügen hingeben, wer weiß.

Das Rauschen und Glucksen des Flußes erfüllte die finstere Nacht. Unsere Hände und die weißlich-rosaroten Knospen der Kirschbäume schienen in der Dunkelheit wie von innen heraus zu leuchten.

Als wir aufstanden, umarmte er mich leicht, aber wirklich nur ganz leicht, und sagte: »Ich danke dir ... Wenn du Lust hast, bringe ich dir nächstes Jahr bei, wie man skifährt. Natürlich umsonst.«

Ich spürte, wie das Herz in seiner Brust pochte.

»Skifahren – o nein, bitte nicht«, sagte ich. »Die Kälte, die schwere Ausrüstung, und wenn man stürzt, tut es auch noch weh.«

»Ach so.« Lachend ließ er mich los. »Mit ein wenig Glück kriegst du vielleicht doch noch Spaß daran, meinst du nicht?«

»Ich überleg's mir mal.«

Wir kletterten auf den Damm und kehrten, jeder für sich, in unseren Alltag zurück.

Mit einer großen Tüte voller Mandarinen – einer Sorte, die es nur selten zu kaufen gab – ging ich zu Rumi. Ich hatte ihr viel zu erzählen. Wir kochten Nudeln und aßen gemütlich zu Abend. Da es schon spät geworden war, bot Rumi mir wieder an, bei ihr zu übernachten.

Sie habe in letzter Zeit viel Arbeit und fühle sich furchtbar müde, sagte sie und schälte eine Mandarine nach der andern.

Ich erzählte ihr von dem Traum und von all dem, was danach geschehen war.

»Das hast du wunderbar gemacht, Hotaru«, sagte Rumi. »Siehst du, es gibt diese schicksalhaften Ereignisse im Leben, und was wir erfahren sollen, das erfahren wir auch, früher oder später.«

Ich wunderte mich ein wenig. So einfach läßt sich das Geheimnis meines kleinen Abenteuers aus der Welt schaffen? Doch dann erinnerte ich mich, wie Rumi aufgewachsen war, daß sie zu Hause wohl dauernd solche Geschichten vernommen hatte und sie zu ihrem Alltag gehörten wie essen und schlafen.

Rumi schaute mit entrücktem Blick in die Ferne – als sähe sie etwas, was ich nicht sah. Ihre Augen wirkten durchsichtig wie Regentropfen, die sich in einem Blütenkelch sammeln, und erinnerten mich zugleich an eine Katze, die gebannt einem fern am Himmel kreisenden Vogel folgt.

Wer weiß, vielleicht nimmt sie gar nicht konkret wahr, was ich ihr erzähle, sondern hört nur Farben oder Stimmungen, dachte ich.

Als ich fragte, ob sie sich an die gute Seele vom Busbahnhof erinnere, huschte ein wehmütiges Lächeln über ihr Gesicht: »Aber sicher. Als Kind hat sie mich einmal in die Arme genommen und getröstet.«

»In dieser Gegend scheint es wirklich niemanden zu geben, der sie nicht kennt.«

»Meine Mutter wurde damals von ihren Anhängerinnen geradezu belagert. Jeden Tag versammelten sie sich bei uns zu Hause, wie eine religiöse Sekte. Irgendwann hatte ich genug. Ich wollte weg. Ich packte meine Tasche und ging zum Busbahnhof. Aber ich war ja noch klein, ging erst auf die Grundschule und hatte keine Ahnung, wohin ich eigentlich wollte. Ich schaute nur, was es da für Busse gab, schaute und schaute. Und plötzlich kam diese Frau daher und schenkte mir einen kleinen, selbstgemachten Blumenstrauß. Alles weiße Blumen, mit einem hübschen Bändchen. Sie sagte: ›Mein Kind, allein auf Reisen gehen – das kannst du, wenn du ein bißchen größer bist. Aber wenn du jetzt nicht nach Hause möchtest, kannst du gern zu mir kommen.‹ Ich spürte sofort, daß sie es gut meinte. Sie hatte klare, leuchtende Augen – fast unheimlich. Natürlich war es mir peinlich, so schnell durchschaut worden zu sein. Also ging ich mit den Blumen wieder nach Hause, stellte sie in eine Vase und freute mich, daß sich jemand um mich gekümmert hatte. Ich wollte ja nur ein wenig Aufmerksamkeit. Doch die Clique von meiner Mutter sah das anders. Für sie war ich ein Störenfried, und sie haben es mich auch spüren lassen.«

»Auf ihre Weise hat die alte Frau im Alltag unzählige kleine Wunder vollbracht. Und kaum jemand nahm es richtig zur Kenntnis. Aber was ist eigentlich aus der Clique geworden? Ich meine, zu der Zeit, als mein Vater und Megumi sich näher kennengelernt haben.«

»Da waren die schon nicht mehr da. Mutter hatte sie rausgeschmissen. Kurz nachdem ich abhauen wollte, wurde es nämlich auch ihr zu viel. Sie fühlte sich ausgelaugt, hatte keine Lust und keine Kraft mehr. Wen wundert's ... Die haben zwar schön brav was zum Essen mitgebracht, gekochtes Gemüse und so. Aber die leckersten Sachen im Kühlschrank waren nie lange da. Die haben sich hemmungslos bedient. Wenn's dann ans Aufräumen ging, drückten sie sich. Und natürlich haben sie meine Mutter mit Fragen gelöchert, haben versucht, was aus ihr rauszukriegen, ohne dafür bezahlen zu müssen. Das waren furchtbare Leute.«

Rumi ereiferte sich, als wäre es gestern erst geschehen. Sie war richtig wütend.

»Na, das ist ja ein Ding!«

»Zum Glück ist das Vergangenheit. Meine Mutter ist jetzt viel selbstbewußter geworden. Solche Leute haben bei ihr nichts mehr zu suchen. Aber sag mal, was läuft eigentlich zwischen dir und diesem ... Mitsuru? Bahnt sich etwas an?« fragte Rumi, ungewohnt neugierig.

»Nicht daß ich wüßte.«

Rumi grinste. »Na, Hotaru, du willst mir doch nicht weismachen, es sei überhaupt nichts passiert.«

»Wie kommst du denn darauf?«

»Die Aura um deinen Kopf verrät es mir.«

»Ach, hör auf. Das bildest du dir nur ein.«

»Ist das denn keine gute Idee? Du heiratest den Typ und bleibst hier in der Gegend. Wär doch toll! Bei uns im Kinderhort bist du jederzeit willkommen, und auch wenn du keine Lust hast – deine Oma möchte sich wohl irgendwann mal zur Ruhe setzen, oder nicht?«

»Ganz und gar nicht! Sie ist voller Tatendrang. Stellt jeden Tag ein neues Menü zusammen. Gerade hat sie sich eine neue Kuchenkreation ausgedacht – eine leckere Joghurttorte. Mußt du unbedingt mal probieren.«

»Aber ... Was hält dich denn noch in deiner Vergangenheit?«

»Ich weiß nicht ... Auf jeden Fall habe ich vor,

mein Apartment zu verkaufen. Ich brauche ja niemanden zu fragen. Es gehört mir.«

»Und wenn du das Geld in eine kleine Firma investieren würdest?«

»So teuer kann ich die nie verkaufen, diese winzige Wohnung. Übrigens, mein Vater kommt bald zurück. Wollen wir das nicht zusammen feiern? Natürlich nur, wenn du nichts dagegen hast«, sagte ich.

»Ach, der Herr, der um ein Haar mein Papa geworden wäre ... Mensch, ist das lange her. Vielleicht sollten wir uns wieder mal zu einem Rendezvous treffen, zu dritt, um ein bißchen nachzuhelfen.« Rumi lachte schelmisch. »Wenn du heiratest, könnte es allerdings ganz schön anstrengend werden. Skilehrer sind bei jungen Frauen heiß begehrt.«

»Niemand denkt an sowas. Hab ich doch gesagt.«

»Eine Schwiegermutter – auch nicht übel. Und dann sorgt ihr dafür, daß die gute Seele vom Busbahnhof einen Urenkel oder eine Urenkelin kriegt, ja? Natürlich freuen wir uns schon im Kinderhort.«

»Rumi, das klingt ein bißchen sehr nach Friede, Freude, Eierkuchen. Unheimlich ...«

»Bald haben wir's.«

»Was? Ich verstehe gar nichts.«

Rumi lachte. »Ich möchte doch, daß du hier bleibst, Hotaru. Für immer.«

Da, in diesem Moment, spürte ich es wieder. Wie es mich sanft und weich umfing.

»Geh! Ich will dich nicht mehr.« Seit ich Tokyo verlassen hatte, alleingelassen von einem Menschen, den ich liebte, von einer Stadt, mit der mich einzig diese Liebe verband, hatte mir niemand mehr solche Worte gesagt. Hier fand mein verwaistes Herz seinen Frieden, fühlte es sich wie in ein schmiegsames, flauschiges Kleid gehüllt.

Vielleicht solltest du doch hierbleiben, dachte ich beim Geschirrspülen und wollte nach dem Aufräumen weiter mit Rumi darüber reden. Als ich einen Blick ins Wohnzimmer warf, lag sie bäuchlings auf dem Boden. Sie schnarchte. Mußte das unbedingt jetzt sein?! Am liebsten hätte ich sie wachgerüttelt, aber ich holte erst mal eine Decke.

Als ich Rumi zudeckte, drehte sie sich auf den Rücken, murmelte etwas und fing wieder an zu schnarchen.

Sie kratzte sich mit einem Fuß an der Wade. Ich bemerkte, wie ungeschickt ihre Zehennägel angemalt waren. Auch die Hühneraugen waren noch da.

Was sich wohl ihr Freund in Dänemark denken würde?

Still kniete ich neben Rumi, betrachtete ihre schlafende Gestalt. Mir wurde ganz warm ums Herz. Nach einer Weile ging ich wieder in die Küche, um fertig aufzuräumen. Ließ heißes Wasser in die Badewanne laufen und machte einen Tee.

Wenn das Bad fertig ist, weckst du sie und lakkierst ihr die Fußnägel neu, dachte ich. Damit sie lange schön bleiben.

Banana Yoshimoto im Diogenes Verlag

Kitchen

Aus dem Japanischen von
Wolfgang E. Schlecht. Mit einem Essay
von Giorgio Amitrano

Banana Yoshimotos Erfolg ist kein Geheimnis. Eine ganze Generation kann sich mit diesem Buch identifizieren. Es packt alle jungen Leute, die der Großstadt verfallen sind und zugleich mit ihrer Anonymität kämpfen. Es handelt von film- und fernsehbesessenen Jugendlichen, die sich im Slang der Comics ausdrücken. Von jungen Menschen, die lebenshungrig und zugleich voller unbestimmter Ängste sind.

»Die Qualität eines neuen Schreibens, einer an zeitgenössischer Lebenswirklichkeit geschärften literarischen Wahrnehmung läßt sich hier entdecken.«
Irmela Hijiya-Kirschnereit / Frankfurter Allgemeine Zeitung

N. P.

Roman. Deutsch von
Annelie Ortmanns-Suzuki

Im Zentrum des Romans stehen junge Menschen voller Lebenshunger und Sehnsucht nach Liebe. *N. P.* ist Yoshimotos dichtester und vollendetster Roman. Er hat die Spannung eines Thrillers, aber die subtile Beunruhigung, die der bizarren, doch taghellen Logik des Unbewußten entspringt. Noch meisterhafter als in *Kitchen* gelingt es der jungen Autorin, die Verstrickungen von Jugendlichen in erotische Leidenschaften, ihre sexuelle Unruhe zu schildern.

»Was für ein Talent! Banana Yoshimoto schreibt wunderbar subtile, wundersam verstörende Bücher, in denen Japans Jugend endlich Stimme bekommt.

N. P. erzählt von jenem schmerzlich-schönen Gefühlschaos, das wir mit gutem Grund ebenso fürchten wie herbeisehnen.« *Stern, Hamburg*

Tsugumi

Roman. Deutsch von
Annelie Ortmanns

Zwei Mädchen, die auf der Halbinsel Izu eine idyllische Kindheit verbracht haben, erneuern hier jeden Sommer ihre Freundschaft: die Ich-Erzählerin Maria und die wilde Tsugumi, deren Temperament nicht so recht zu ihrer fragilen Gesundheit passen will. Es ist der letzte Sommer einer engen Mädchenfreundschaft. Und auch die Inselidylle nimmt ein jähes Ende. Denn im Ort wird ein großes Hotel gebaut, das den Ruin der kleinen Gasthöfe bedeutet. Tsugumi lernt einen jungen Mann kennen, der im Ort heftig angefeindet wird. Er scheint der einzige zu sein, der das eigenwillige Mädchen zu erobern vermag. Aber die zarte Liebesgeschichte endet beinahe in einer Katastrophe.

»Tsugumis anarchischem Charme dürfte sich keine Generation entziehen können.« *Stefanie Mergehenn / Westdeutsche Allgemeine Zeitung, Essen*

Dornröschenschlaf

Drei Erzählungen von der Nacht

Deutsch von Annelie Ortmanns,
Gisela Ogasa und Anita Brockmann

Schlafsucht, Alkohol, geheimnisvolle Begegnungen – drei Geschichten von der Nacht und vom Wiedererwachen aus tiefem Schlaf. Junge Menschen in Krisensituationen, ausgelöst durch den Tod eines geliebten Menschen, oder aber die überwältigende große Liebe, die zugleich als große Einsamkeit empfunden wird.

»Banana Yoshimoto beherrscht die Kunst, den Leser mit ein paar Sätzen in die Geschichte hineinzuziehen,

so daß er in einer Art Trance weiterliest und sich ganz schnell in einer Welt befindet, die ständig zwischen Alptraum und Trost pendelt. Es besteht Suchtgefahr.«
Jochen Schimmang / Süddeutsche Zeitung, München

Amrita

Roman. Deutsch von
Annelie Ortmanns

Wie in ihrem längst zum Kultbuch gewordenen Roman *Kitchen* ist *Amrita* die Geschichte einer ungewöhnlichen ›Wahl‹-Familie, zusammengehalten von der Trauer um einen geliebten Menschen. *Amrita* ist eine Odyssee durch die heftigsten Turbulenzen des Seelenlebens zu Selbstfindung und neuem Glück, und es ist vor allem eines: eine wunderschöne, poetische Hommage an das Leben.

»Eine Reise durch eine faszinierende Landschaft verletzlicher Seelen.« *Anita Pollak / Kurier, Wien*

Sly

Roman. Deutsch von
Anita Brockmann

Takashi hat erfahren, daß er HIV-positiv ist. Seine Freunde, die Goldschmiedin Kiyose und der schwule Barbesitzer Hideo, denken nicht daran, ihn seinen trübsinnigen Gedanken zu überlassen. Sie überreden ihn zu einer Reise in ein Land, das wie kein zweites dazu bewegt, sich mit Leben und Tod auseinanderzusetzen: nach Ägypten, dem Land der mystischen Grabstätten und Reich der Toten. Und einem Land von überwältigender Schönheit und Lebenskraft.

»Banana Yoshimoto erweist sich mit erzählerischer Raffinesse als Magierin der Gefühle zwischen Traum und Wirklichkeit, als exzellente Kennerin der komplizierten Seelen moderner Großstadtmenschen.«
Sabine Dultz / Münchner Merkur

Hard-boiled
Hard luck

Zwei Erzählungen
Deutsch von Annelie Ortmanns

›Hard-boiled‹ meint: sich in der Auseinandersetzung mit dem Tod, der Trauer, ein dickes Fell zulegen. Und ›Hard Luck‹: Wer kann behaupten, zu wissen, was Unglück ist und was Glück – wohl nur der Betroffene selbst.
Zwei poetische Erzählungen über die Schuld, aber auch die Unvermeidlichkeit des Verlassens. Und über die Kunst des Loslassens.

»Mit ihren dunklen und gleichzeitig luftig hellen Geschichten trifft Banana das Lebensgefühl der Jungen und Junggebliebenen und entfaltet gleichzeitig eine suggestive Kraft der schmerzlich-schönen Wahrnehmungen. Tragisches mischt sich mit Phantastischem und Surrealem, Wehmut mit jugendlicher Kühnheit und ironischer Distanz.«
Bayerisches Fernsehen, München

Eidechse

Erzählungen. Deutsch von
Anita Brockmann und Annelie Ortmanns

Sechs bitterzarte, komische und tröstliche Geschichten über Menschen, die den Schritt endlich wagen: sich zu einer festen Beziehung bekennen, heiraten wollen und die dabei ihre Unsicherheit und Orientierungslosigkeit nicht verschweigen.

»Der Stil oszilliert zwischen Pop-Poesie und einem dem Haiku entlehnten Vergänglichkeitspathos, das den Lauf der Liebe und der Jahreszeiten illustriert.«
Steffen Gnam/Frankfurter Allgemeine Zeitung